河出文庫

狭間の子

吉原五十間道 菓子処つた屋

澤見彰

河出書房新社

狭間の子
吉原五十間道
菓子処つた屋

目次

新吉原の見取り図

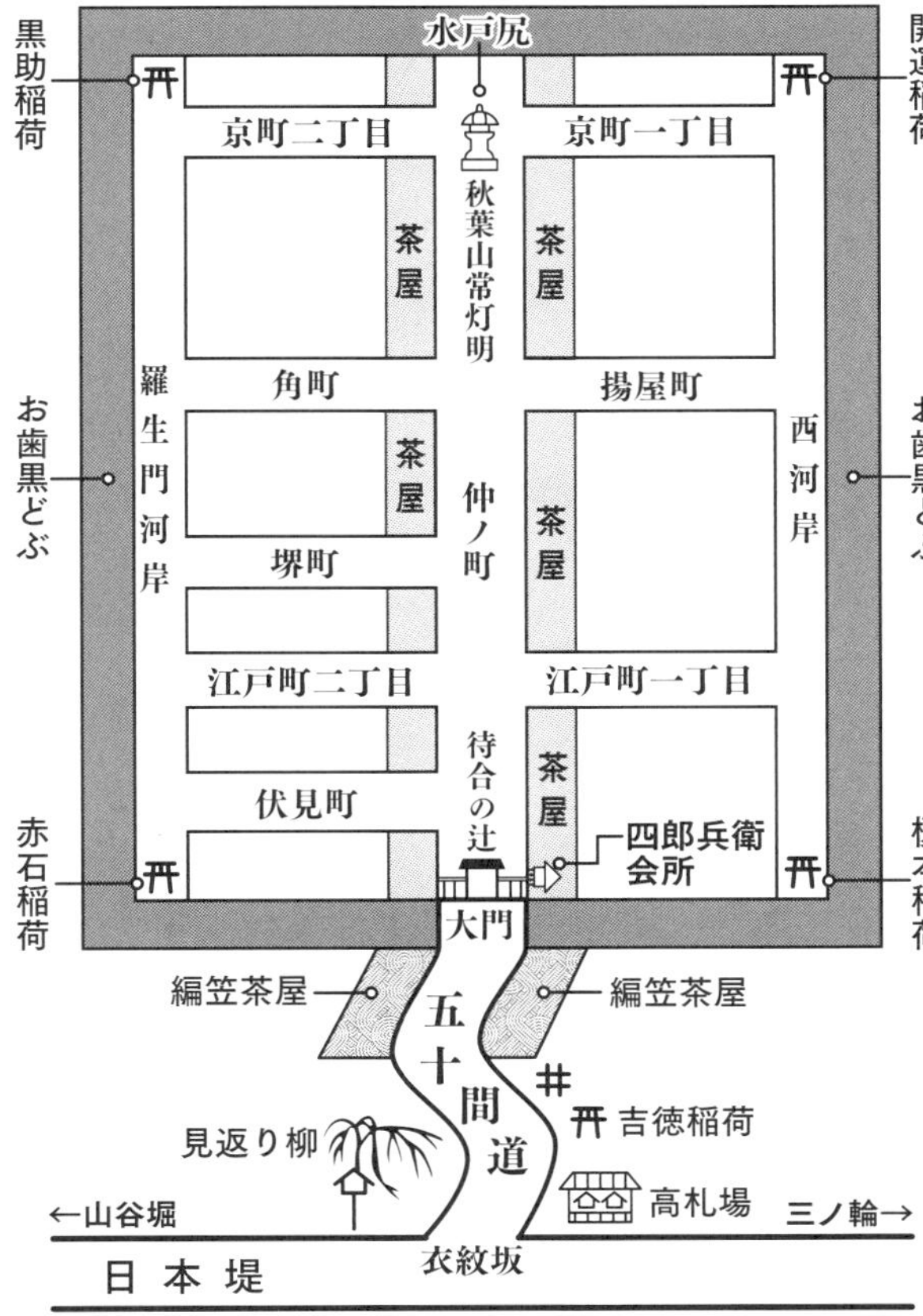

水戸尻
黒助稲荷
開運稲荷
京町二丁目
京町一丁目
秋葉山常灯明
茶屋
茶屋
角町
揚屋町
羅生門河岸
西河岸
お歯黒どぶ
お歯黒どぶ
茶屋
仲ノ町
茶屋
堺町
江戸町二丁目
江戸町一丁目
待合の辻
茶屋
伏見町
四郎兵衛会所
赤石稲荷
榎本稲荷
大門
編笠茶屋
編笠茶屋
五十間道
吉徳稲荷
見返り柳
高札場
←山谷堀
三ノ輪→
日本堤
衣紋坂

新吉原周辺の地図

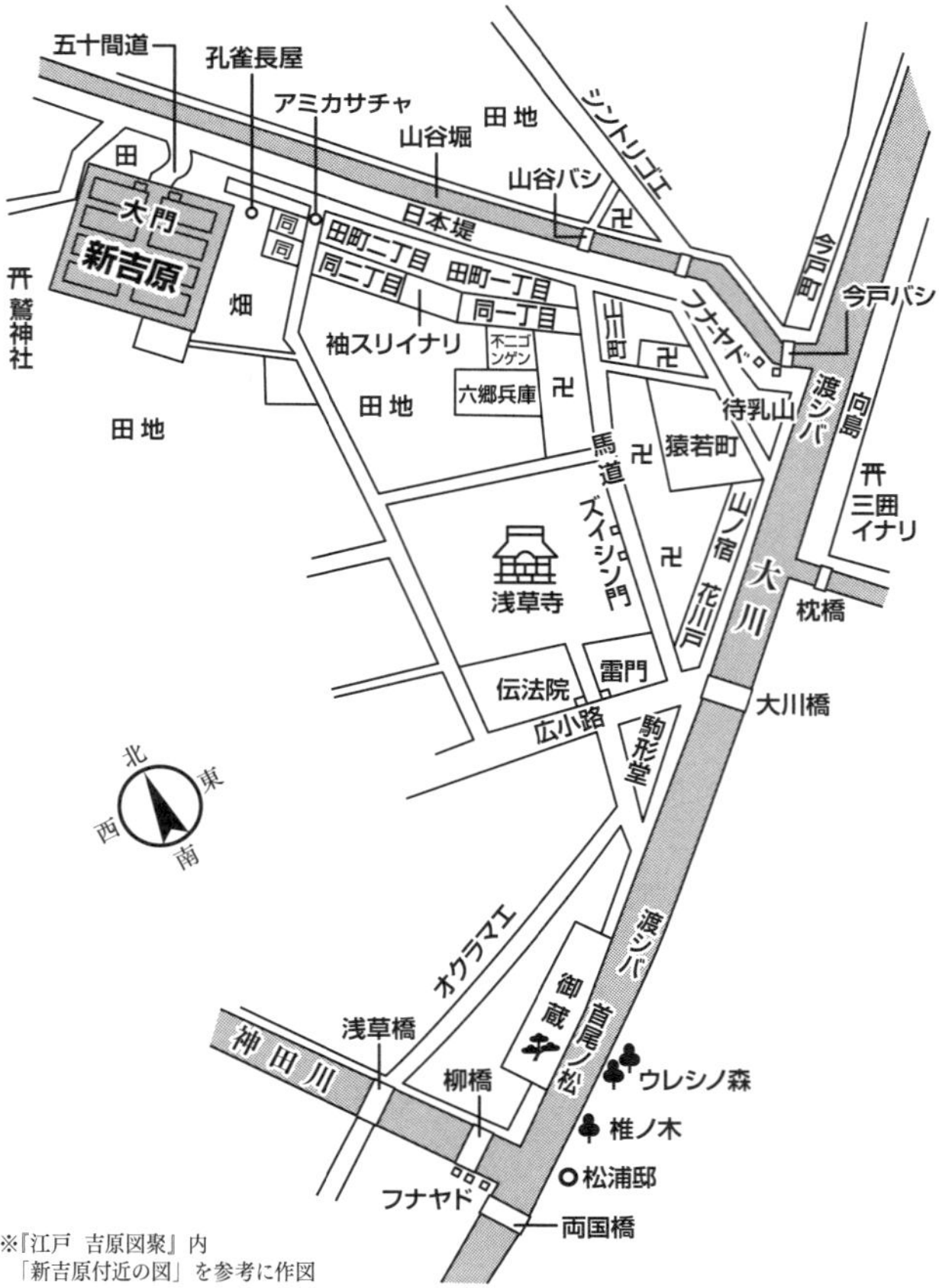

※『江戸 吉原図聚』内
「新吉原付近の図」を参考に作図

狭間の子

吉原五十間道　菓子処つた屋

一　甘露梅

江戸には、彼岸《ひがん》と此岸《しがん》の狭間《はざま》がある。

彼岸はあの世、此岸はこの世。

日常と隔絶された新吉原廓内《しんよしわらくるわない》が彼岸、俗事にまみれた日常を送る廓外が此岸とするならば、双方の間をつなぐ、吉原大門《おおもん》の手前——五十間道《ごじっけんみち》がまさに「狭間」であった。

極楽浄土とも異界とも呼ばれる吉原。そんな彼岸に魅せられ通ってくる客を誘い、いっぽうで、廓内を極楽浄土たらしめるための下請けを担《にな》うのが、五十間道に住まう者たちの役目だ。彼らの暮らしは、廓内の営みに拠ってこそ成り立っていた。ゆえに狭間の人々もまた、廓内の人間たちと同様に、「吉原者」と呼ばれた。

安永《あんえい》四年（一七七五）年の瀬、五十間道。

切れるほど冷たい空気のなかに、かすかな陽光のぬくもりが差してきた冬の朝。

吉原大門から出て四軒目左側にある二階建ての引手茶屋《ひきてぢやや》——蔦屋《つたや》。店の軒先からおろされた青簾《あおすだれ》のすぐ横に、小さな屋台が出ている。屋根には『菓子処つた屋』と書かれた小さな暖簾《のれん》がかかっていた。その屋台の奥で、彼岸から此岸へと戻ってくる人々をちらと眺めてから、おなつは手元に目を戻した。

すこし小ぶりな両手には、ひとつまみの白い団子がおさまっていた。

団子はまだ熱を持っている。つい先ほど奥の台所で分けてもらったもので、湯を加えて練った上新粉《じょうしんこ》を、蒸してから搗《つ》いて丸めたものだ。

おなつは台の上にあったへらと鋏《はさみ》のうち、まずはへらを手に取り、団子の表面を滑らかに形を整えていく。ついでへらを鋏に持ち替え、団子の一部をつまみ、引っ張り、丸い両耳と尖った口元と、尻尾らしき出っ張りを生み出した。もう一度へらで形を整えてやると、すこし胴体がぽっちゃりしているが、子犬らしき細工物ができあがった。

「変な子犬」

手のなかで、ややいびつな細工を転がして眺めながら、おなつはため息をついた。

「やっと新粉が手につかなくなったけど、形はまだいまひとつね」

団子の細工物——しんこ細工は、団子が熱いうちに、かつ手際よく細工を施さなければならない。もたついていては、団子は固くなってしまうし、粘った粉が指にはりついて見た目が悪くなる。おなつのいまの技量では、いびつな子犬を作るくらいが関の山だった。

おなつが肩を落としかけたところで、おもての通りから声がかかる。

「店の支度が整ってきたね、おなっちゃん」

慌てて顔を上げたおなつの目の前にいたのは、武家髷《まげ》を結い、くずれた着物の上に女物の羽織をまとった四十絡みの男だった。髷と着物とがちぐはぐで、いったい何者か見当がつかない。酒が抜けていない顔はややむくみ、目は赤くなっている。いかにも吉原からの朝帰り客といった風情だ。

「おはようございます、喜三二《きさんじ》さん。いまお帰りですか？」

喜三二と呼ばれた男は、眠たげな表情のままにたっと笑った。

「昨晩もまた、蔦屋さんにはすっかり世話になっちまったな」

「いえ、楽しんでいただけたらなによりでした。それにしても、今朝はいつもより早いお帰りで」

「哀しいかな、片足は俗世に縛られた身。今日ばかりは此岸に早く帰らなけりゃならねぇんだ」

喜三二は蔦屋の常連で、おなつとも顔なじみ。昨晩も、廓内に入る前の景気づけに蔦屋で飲み食いをしていった。そして、廓内でひと晩過ごし、空が白みはじめたばかりの早朝に帰っていくところだ。

帰りがけにおなつに挨拶に立ち寄った喜三二は、台の上にある子犬の細工物に目を落とした。

「しんこ細工か、かわいいね。これも年明けから売りに出すのかな？」

「お恥ずかしい。台所に上新粉が余っていたので手慰《てなぐさ》みをしていただけです。まだまだ売り物にはなりませんよ」

「そんなことはないさ。ぽっちゃりとしてかわいらしい狸じゃないか」

「……これは子犬です」

「……そいつは失敬」

気まずそうに頭をかく喜三二を見て、おなつはおもわず吹き出した。

「いいんです。まだまだ精進が足りないのは承知していますから。もっと鍛錬を重ねて、吉原名物と言われる細工物や菓子を拵《こしら》えてみせます。そのときは見ていってくださいね」

「もちろんさ、きっとすぐに上達する。いやぁ、昨晩も話をしていたんだよ、あんたの兄さんとさ。赤ん坊の頃に蔦屋にもらわれてきて、子どもながらに界隈のことを覚えて、女中の見習いをこなしてさ、いよいよ商売まではじめようってんだから。立派になったもんだってねぇ」

「商売たって……」

おなつは、餅みたいに白くてつややかな頰を赤らめた。

「つい先まで兄さんが使っていた屋台を借りて、女中勤めの合間を縫って、小ぢんまりとお菓子を売るだけです。その菓子も、いまのところは捨作《すてさく》さんの手によるものですし。蔦屋の名があるから商《あきな》いができるってだけで。わたしの力ではなにもできない。これまで通り、茶屋のお手伝いをするのも、五十間道のためにつとめるのも、変わりゃしないんです」

「五十間道のため、か。泣かせるじゃねぇか。あんたの兄さん――蔦重《つたじゅう》のやつもそれを聞いたら喜ぶよ」

「あの、兄さんは……」

おなつは、目頭を押さえる喜三二に、遠慮がちに尋ねた。

「兄さんに変わりはありませんか？」

「ん？　あいつはいつも通りだが、近ごろ会ってないのかい？　廓内たって目と鼻の先にいるのに」

「店をはじめたばかりで、忙しいだろうと思って」

「ま、たしかに」と、喜三二は腕を組む。

「吉原の耕書堂《こうしょどう》蔦屋、五十間道の菓子処つた屋、義理の兄妹どちらも店を構えたばかりってわけだ、お互い忙しいには違いねぇ」

そう言って喜三二がもと来た道を振り返ったので、おなつも、その目線を追った。

三曲がりにくねる坂の向こうに、そびえたつ吉原大門がある。

門の内側に近ごろ店を構えたばかりの蔦屋重三郎《じゅうざぶろう》は、おそらく昨晩中、喜三二とともに飲んだり騒いだりしつつも、己の商売の行く先を熱心に語り合ったに違いない。

そんな様子を思い描き、おなつは誇らしげに、だが、少しだけ寂しげな笑みを浮かべた。

「兄さんも頑張っているんですよね」

おなつのつぶやきを聞いた喜三二は、あっけらかんとこたえた。

「心配なら顔を出してやんな。きっと喜ぶから。あぁ、そうだ。この子犬の細工物、売り物じゃなけりゃもらってもいいかい？　今度廓内へ行くときに蔦重にも見せてやろう」

「え？　これを？」

ぽっちゃりとした狸みたいな子犬のしんこ細工。それをおもむろに手に取った喜三二は、おなつの返事を待つまでもなく懐《ふところ》にしまいこんだ。

「それじゃ、おれは俗世に帰らなけりゃ。またな、おなっちゃん」

慌てて話を切り上げ、彼岸から此岸へと帰っていく喜三二の背中を見つめながら、おなつは「またのお越しを」と言って手を振った。


しんしんとした寒さが身にしみる大晦日《おおみそか》。いよいよ年の瀬だ。

吉原の休みといえば、元日のたった一日のみと決まっている。安永四年最後の日も、五十間道は、駆け込みで吉原へ通う客で大いにごった返していた。

吉原大門から出て四軒目左側。老舗《しにせ》の引手茶屋である蔦屋でも、客足は途絶えることはない。山谷《さんや》堀《ぼり》で舟を降り、日本堤《にほんづつみ》を辿って吉原へ向かう手前、景気づけに一杯やりつつ芸者衆を呼んで遊ぶ上客のために、座敷や料理を支度する。ときに廓の妓楼《ぎろう》と話をつけ、花魁《おいらん》との逢瀬を手配することもある。

むせ返るほどの熱気と酒精の匂い。飛び交う喧騒。目も眩《くら》む華々しさ。幼いころから蔦屋に居候し、店の手伝いをしてきたおなつにとって見慣れた光景だ。ただ、この年がいつもと少し違うのは、義理の兄とも慕ってきた重三郎が独り立ちして店を出ていったので、その姿がないことだった。

「おなつ、おなつや！」

二階大広間にこの日、何度目かの銚子《ちょうし》を運んだあと、空になった銚子を盆いっぱいに載せて戻りつつ、ふと重三郎の面影を捜してしまっていたおなつは、名を呼ばれて我に返った。

「おなつはいないのかい？」

きんきんと耳に響く声の主は、蔦屋のおかみであるお栄《えい》だ。

慌てて台所に戻ると、お栄が「いた！」と忙《せわ》しなく手招きしてくる。

「どこ行ってたんだい、捜したじゃないか」

「おかみさんが、二階のお客の酒を切らすなと言ったんじゃありませんか。あのお客は出せば出すだけ飲んでくれるからって。稼ぎ時だって」

「そんなこと言ったかい」

「言いました。で、つぎはどんな御用です？」

「まったく右から左から用事ばかりだよ、忙しいねぇ」

お栄が慌ただしく口うるさいのはいつものことだ。口調はきついが冷たさはない。おなつも慣れているから、くすりと笑ってから、お栄のそばへ駆け寄った。

「二階のお客さんはまだまだ飲みそうですけど」

「それは他の者に頼んでおくから、おなつ、あんたは捨作さんを手伝ってやっておくれ。急ぎで五十間団子を三十人前用意しなくちゃならないんだ」

「三十人前？　お土産《みやげ》ですか」

「そうさ」と、意気込んだお栄は腕まくりをしていた。

五十間団子とは、最近土産物として売り出した、蔦屋名物のみたらし団子だ。吉原界隈で有名な菓子といえば、廓内江戸町《えどちよう》二丁目にある、竹村伊勢《たけむらいせ》の最中《もなか》の月や巻き煎餅などがある。蔦屋でも座敷の客用に団子を供していたことはあったが、これがいつしか通人たちの話題にのぼるようになり、竹村伊勢の菓子同様に、廓内への手土産としても注文が入りはじめたのだった。

今夜もまた吉原へ上がる客が、遊女たちのご機嫌を取るため、団子を土産にしたいというので、急遽大量の注文が入った。目当ての遊女だけではなく、見世《みせ》につとめる者全員にいきわたる数が欲しいというので三十人前だ。

蔦屋にいる菓子職人ひとりではとても手が足りないので、おなつが呼ばれたというわけだ。

「お客様の出立《しゆつたつ》は、何刻《なんどき》でしょうか」

「あと一刻だとさ。もっと早めに言ってくれりゃいいものをね。だが、常連さんの我儘《わがまま》にできるかぎり応えるのが蔦屋だよ。やってくれるね」

「はい、もちろんです」

「それに年明けには、本格的に店先でも団子を売るんだ。いまからたくさん作るのに慣れておいてもらわなけりゃ。捨作さんはもう支度にかかってる。手伝いを頼んだよ」

　お栄へ大きく頷《うなず》き返してから、おなつは、四人の板前たちが慌ただしく動いている台所をつっきった。

　台所のもっとも奥まったところ、他の台より一段低く狭い場所に、その台に合った小柄な老人が立っていた。浅黒い肌に真っ白な作務衣《さむえ》が板についた老人は、竈《かまど》にかけた蒸籠《せいろ》から、湯気がたちのぼる餅状のタネを、台へ取り上げているところだった。見た目にも艶《つや》やかで、ふんだんに湯気をあげたそれは、おもわず喉が鳴りそうなほど美味そうだ。

　水場で念入りに洗った手を拭きつつ、おなつは老人のもとへ歩み寄る。

「捨作さん、お手伝いします」

「おう、おなっちゃん。いま上新粉が蒸しあがったから、切り分けて団子にしてもらおうか。わしは餡《あん》を拵える」

「わかりました」

おなつは、捨作の指示通りてきぱきと動く。

捨作は、吉原仲ノ町《なかのちょう》にある老舗菓子屋竹村伊勢の職人だったところを、隠居後、蔦屋が引き抜いた菓子職人だ。およそ三年前のことである。以来、菓子作りはいっさい捨作が任されており、ほかの板前からも一目置かれている。蔦屋で五十間団子を売り出すことができたのも、捨作の力によるものだ。おなつはそんな捨作を師匠とし、一年ほど、菓子職人見習いとして修業をしてきた。用語を覚えたり道具の手入れをしたりすることからはじまり、近ごろになって、団子作りがやっと板についてきた。

熱々の餅状のタネを木べらで適量切り分け、両手の平をつかって丹念に団子状に形作っていく。粒の大きさを揃えられるようになったのは、ごく最近のことだ。

隣では、捨作が団子に絡める餡を拵えはじめた。醬油と砂糖を煮詰めた香ばしい香りがたちのぼってくる。仕上げに、すこし冷ました餡に貴重な片栗粉を少量混ぜることで、餡は照りと粘りを増していく。捨作のこだわりだ。

餡を仕込みおえた捨作は、おなつが形成した三十人前の団子に目を配る。

ひと粒ひと粒の大きさ、表面の滑らかさ、形の美しさ。老舗竹村伊勢の菓子職人だった捨作の品定めは厳しい。たとえ急ぎの注文でも妥協はない。及第点でなければ、上新粉を水で溶いて捏《こ》ねるところからやり直しだ。

おなつは息を飲みつつ、捨作の品評を待った。

「おなっちゃん」

「は、はい」

「上等じゃねぇか」

「はい？」

捨作の言葉はいつもぶっきらぼうだ。おなつはおもわず聞き返してしまった。

「だめですか？　作り直しですか？」

「なにを聞いてやがる、よくできたと言っているんだよ。やっといい形を作れるようになった」

「ほんとうですか？」

「嘘を言う暇はねぇ」

「やった、ありがとうございます、ありがとうございます！」

嬉しさのあまり飛び上がりそうなおなつに頷き返しておいてから、捨作はつぎの作業にかかった。竹串に刺した団子の表面を囲炉裏《いろり》で炙《あぶ》りはじめたのだ。これは、おなつがはじめて見る工程だった。

「かるく炙ったほうが、香ばしさが鼻に抜けて、甘辛い餡がより際立つだろう。近ごろ考えた方法だ」

「あぁ、いい香り、なんて美味しそうなんでしょう。お腹が鳴りそうです」

「店先で売る団子も、いずれは、おなっちゃんがひとりでこの作業までやるんだぜ。菓子処つた屋は、あんたの店なんだからな」

「はい、はい、精進します」

捨作にならって団子を炙り、ついで粘りと艶のある餡をたっぷり絡めていく。粗熱《あらねつ》を取ったあと、経木《きょうぎ》にくるんで熨斗《のし》をかけた三十人前の団子ができあがったのは、常連客が吉原へ出向く直前のことだった。

店の主《あるじ》蔦屋次郎兵衛《じろべえ》と女房のお栄、番頭や若い衆数人とともに常連客を見送ったおなつは、「お土産の団子、みんなに喜んでもらえますように」と、心のなかで祈っていた。


さて、師走《しわす》も慌ただしく過ぎていく五十間道の風情だが。

五十間道の引手茶屋、蔦屋から送り出した客が向かう吉原とはいかなるところか。

それは言わずと知れた、幕府公認の遊郭だ。

かつて吉原は、江戸の中心部、江戸城の間近である日本橋にあったが、明暦《めいれき》三（一六五七）年の大火を機に、江戸中心から北へ離れたいまの浅草に移った。

この浅草周辺は、かつて湿地や葦原《あしはら》だらけの未開の地であったし、江戸中心地から決して通いやすい場所とは言えない。吉原の名主らは、客が北のはずれまで足を伸ばしてくれるのか不安を抱いていたが、日常の暮らしから隔絶された土地は、厳しい身分の別からも解き放たれ、浮世を忘れさせてくれる桃源郷として人気を博し、移設以来、江戸随一の歓楽街として繁盛している。

その新吉原へ通うためには、いくつかの手段があった。徒歩、駕籠《かご》、舟、馬などさまざまだが、その道中までもが、浮世から離れるための過程、遊興の一部となっている。

なかでも、王道とされたのが、猪牙舟《ちょきぶね》で大川《おおかわ》をくだりながら向かう方法だ。

主な乗船場は、神田川《かんだがわ》と大川が合流するあたりの柳橋《やなぎばし》で、周辺には舟宿や料理茶屋が並び建ち、かわるがわる猪牙舟が発着していく。吉原へ出向く客は猪牙舟で大川を北上し、西岸に大名屋敷や御米蔵を眺望し、つづいて浅草寺の駒形堂《こまがたどう》を行く手に臨む。浅草の吾妻橋《あづまばし》を通り過ぎて、今戸橋《いまどばし》の先、山谷堀で舟を降りた。

下船したらすぐに吉原へ向かうのは粋ではない。

まずは山谷堀の舟宿で一服、もしくは料理茶屋で仲間と待ち合わせ、堀の芸者とも呼ばれる芸者衆をあげての宴席を開く者も多かった。いわば本番前の景気づけだ。

なかでもひときわ目立つのが、一千坪以上の敷地に店を構え、一杯で一両二分もする茶漬けを出すという高級料亭の八百善《やおぜん》であろうか。艶福家《えんぷくか》や通人の遊客が立ち寄るのはもちろん、文人墨客《ぼっかく》が集《つど》う社交場でもあった。

景気づけがすんだあと。山谷堀から吉原までは、堀端の堤——日本堤を徒歩で行くか、もしくは駕籠で向かうことになる。土手沿いにも、軽食や小物を売る葦簀《よしず》張りの小見世がびっしりと軒を連ねているので、吉原を目前に銭払いがよくなっている客をひとりも逃すまいと、客引きの声がまこと賑やかだ。

そんな日本堤を進んでいくと、いよいよおなつたちが暮らす、彼岸と此岸の境目となる五十間道にさしかかる。

不自然に三曲がりになっている道筋は、進むにつれて辿ってきたところが見えなくなる仕組みになっている。最初の下り坂が、遊郭内に入る客が衣紋《えもん》をなおしたことから名づけられた衣紋坂。坂の上右手に、石垣の上に屋根付きの高札場《こうさつば》、反対側に柳の木が植えられている。これが世に知られた「見返り柳」だ。吉原から帰宅する遊客が、ここで名残惜しそうに振り返ったことからきているという。道沿いには、廓まで客を手引きをする引手茶屋、休憩ができる料理茶屋や中宿、吉原を案内する『吉原細見《さいけん》』を売る板元《はんもと》などが軒を連ねていた。

五十間道の先に、いよいよ吉原大門がそびえ立つ。

「極楽と　この世の間が　五十間」

という川柳があるが、この門から、遊客たちは現《うつつ》から離れ、あの世へと誘《いざな》われていくのだ。

おなつたち五十間道の人間は、廓内の住人でこそないが、吉原が存在することで日々の糧《かて》を得ている、半分はあの世に足をつっこみ、半分はこの世にとどまっている、まさに境目の住人であるのかもしれない。

江戸随一の歓楽街吉原――一年のうちの休業日が元日だ。

忙しい大晦日が過ぎたあと。

吉原が年一度の休みに静まり返るあいだ、吉原とともに日々の営みをつづける五十間道も、久々の休みをむさぼっていた。

大晦日の客がすべて去ったあと、店の者総出で大量の片づけ物をしてから、居候のおなつも寝正月を過ごした。

年が明けて、安永五（一七七六）年は、おなつにとって特別な年になりそうだった。十五歳になったおなつは、たっぷりと朝寝をむさぼったあと、午後になり、気持ちも新たに蔦屋の主人夫婦に年始の挨拶に出向いた。

「あけましておめでとうございます、旦那さん、おかみさん。本年もよろしくお願いします」

五十間道の老舗引手茶屋、蔦屋の主人——蔦屋次郎兵衛は「今年もよろしく頼むよ」と、三十三歳という年の割には鷹揚《おうよう》に返すのだが、女房のお栄のほうは、相変わらずきんきんとした声で応じた。

「おなつ、あんたも十五になったんだ、ちょっとは身なりに気をつけたらどうなんだい。廓内の姐《ねえ》さんがたみたいにとは言わないが、どこかに赤いものを差すとか、すこし化粧をするとか」

「そんなものですかねぇ」

呆れ気味にお栄に指摘され、おなつは我が身をかえりみた。

大晦日に店を駆けまわっていたときと同じ、濃紺の縞《しま》の着物に前掛け姿、髪の毛にも赤いものを差していない。そんな地味な格好が、餅のように真っ白な肌と、赤い頬、小ぶりでかわいらしい目鼻立ちをより際立たせているのだが、客商売が板についたお栄としては不満らしい。

女房をなだめておいてから、次郎兵衛がおおらかに笑った。

「おなつは元々がかわいらしいんだから、ごちゃごちゃ着飾らなくたっていいさ」

「そう言ったって、あんまりにも地味じゃないか」

「そのあたりはお前が見たててやりよ。そうだな、店をはじめるお祝いに、着物をいっちょう誂《あつら》えてやろう」

「ありがとうございます。なにからなにまで」

「おなつは、あたしたちの妹みたいなものだからね。遠慮はいらないよ」

次郎兵衛はおおらかに、お栄は口うるさいながらも、いずれもおなつを気にかけてくれている。

赤ん坊の頃、先代蔦屋次郎兵衛のときにもらわれてから、いまの主人夫婦もまたおなつを家族同然にかわいがってくれる。ただ住み込みで働かせてもらえるだけでもありがたいのに、店の軒先で、屋台ではあるが、菓子処を営むのを許してくれるのだ。

『菓子処つた屋』

——これが、新年から、蔦屋の軒先に出す店の名だ。

おなつが菓子に興味を持ったのは、およそ三年前に、竹村伊勢の菓子職人だった捨作が蔦屋に来てからだ。捨作が生み出す菓子の美味しさに感激し、また、甘味を食して幸せそうに顔をほころばせる客を見るのが嬉しかった。なにより、捨作の菓子によって自らの心がこれまでになく満たされるのを感じた。

「なぜか懐かしい味がする」

捨作の菓子を食べたとき、まっさきに思ったことだ。

もしかしたら、吉原界隈で拾われた自分は、どこかで捨作の菓子を食べたことがあるのではないか。そんな思いがよぎった。ほんとうの親きょうだいもわからない。自分のなかで少しだけ欠けた穴が、菓子によって塞がっていく。そんな気がした。そうしたら自分でも菓子を作ってみたくなった。

そんな思いがあり、女中勤めの合間に捨作から手ほどきを受け、およそ一年をかけ、簡単な菓子なら作れるようにまでなった。頃よく、五十間団子が吉原でも名が通りはじめ、座敷で供すだけではなく、土産物としての注文も増えてきたところで、蔦屋の軒先でも菓子を売り出すことを主人夫婦が決めた。

おなつは、その出店を任されることになったのだ。

もちろん捨作の力添えはなくてはならないし、おなつ自身、女中手伝いの手が空く合間を縫っての商《あきな》いになるが、ゆくゆくは己ひとりで切り盛りすることが目標だった。

おなつは、主人夫婦を前に胸を叩いてみせた。

「菓子処、わたしなりに、精一杯やってみますね」

「頼んだよ」と、お栄は念を押してくる。

「捨作さんが作る菓子の味は折り紙つき。土産物の菓子が美味いともっと評判になれば、竹村伊勢だってしのぐ売れ行きになる。本業の引手茶屋だってますます繁盛するってものだ」

「おかみさんは、そっちのほうが大事なんですよね」

「当たり前だろう、吉原界隈に数多《あまた》ある茶屋で生き残っていくためには、寝る間も惜しんで商売のことを考えていなけりゃ。せっかく先代が盛り上げた蔦屋の評判を下げるわけにはいかないものね。ねぇ、あんた」

「あぁ、お栄に任せておけば、おれぁ安心だ」

主人夫婦のやり取りを眺めながら、おなつは微笑んだ。

鷹揚な主人に、商売っ気のつよい女房。正反対な性分に見えるが、これでちょうどいい塩梅《あんばい》なのだ。おなつは、この夫婦を慕っているし、ふたりが中心になって切り盛りする蔦屋にもつよい思い入れがある。

たとえ自分が蔦屋の血縁ではなくとも、拾われた子であろうとも、それは変わらない。

だからこそ、菓子処はきっと繁盛させたいのだ。

「それに、兄さんにも、がっかりされたくないものね」

この年、おなつが出店をまかされる場所は、かつて蔦屋に居候していた重三郎が貸本屋を出していたところで、その場所をそっくり間借りすることになっている。

蔦屋の店先で本を積んだ屋台を出し、いかにも吉原者といった洒落《しゃれ》たいでたちで、常連客と楽しげに接していた重三郎の姿がなつかしく思い出された。

『菓子処つた屋』を本腰入れてはじめる前に、おなつは、重三郎と会えないだろうかと密かに思っていた。

元日の休みを過ごし、正月二日。吉原大門が開くとともに、大川をのぼってくる猪牙舟や、日本堤から駕籠が引きも切らずやってくる。吉原を目指す客が必ず通るのが、おなつたちが暮らす五十間道だ。

五十間道沿いに軒を連ねる各店にも、忙しい日常が戻ってきた。

見返り柳からはじまり、三曲がりにくねった衣紋坂、道中の引手茶屋、お休み処、料理の仕出し屋などには新年早々数多くの客が押し寄せる。

蔦屋にも、昨年のうちから部屋を押さえていた馴染みの客たちが通ってきた。

大事な一年のはじまりだ。いつも以上の大盤振る舞いで、高級酒や山海珍味が山と盛られた台の物を求め、より多くの芸者衆を呼び寄せる。派手な遊びに興じる。金に糸目はつけない。めいっぱいの景気をつけてから、いざ本命の遊女のもとへ上がろうという意気込みだ。

つぎつぎと注文される酒や料理を用意するため、蔦屋の奥もまた戦場の様相だった。板場では四人の料理人が忙しなく動き、台所と客間を往復する女中たちが駆けまわっている。もちろんおなつも同様だ。この日、何度客間へ上がり、台所に戻り、銚子や料理を運んだかわからない。ほかに捨作の手伝いもあった。客が口に運ぶ甘味を拵えるのはもちろん、座敷を彩る飾り菓子——しんこ細工作りも手伝った。喜ばれるのは、鶴や亀といった縁起物だ。料理や菓子をほぼ出し終えたあとは、つづいて掃除に洗い物、届け物や御用聞きにと息つく暇もない。

そしておなつには、正月二日ならではの、もうひとつの大事な役目があった。

それは、廓内にあがる客が手土産として持参する、正月の特別な菓子を手配することだった。

その菓子を、甘露梅《かんろばい》といった。

字のごとく梅を使った菓子であり、吉原を代表する名物のひとつでもあった。廓内の菓子屋はもとより、外の茶屋や料理屋でもそれぞれ独自のやり方で拵える店がある。主に吉原に通う馴染みの客が注文し、年が明けてから、はじめて廓内に上がるときに年玉代わりにする縁起物だ。

吉原名物甘露梅は、明和《めいわ》五（一七六八）年には『吉原大全』という案内に記されており、松屋庄兵衛《まつやしょうべえ》なる人物が最初に作ったものとされている。青い小梅を塩に漬け、漬かって軟らかくなったところで半分に割って種を取る。種を取って空洞になったところに山椒《さんしょう》または胡椒《こしょう》をまぶし、種を戻し、梅も元の形に合わせて紫蘇《しそ》の葉でくるむ。紫蘇梅は砂糖と酒を混ぜた蜜に漬け込んでいく。年玉代わりの菓子として人手に渡るのは、一昨年の五月半ばに漬けたもの。つまり商品になるまでには、およそ二年がかかる。

漬けるときは、店の者が総出で加わる大仕事なのだ。

蔦屋でも、雇いの板前やご近所衆の力も借りて、毎年大量に漬けてきた。昨年のうちから、馴染みの客から甘露梅の注文が数多入っている。

そのすべてを、客が廓内へと発《た》つ前に、土産物として滞りなく用意しておかなくてはならない。

今年客に出す甘露梅は、おなつにとっては殊更《ことさら》特別なものだった。というのも一昨年に、おなつがはじめて蔦屋の甘露梅作りに加わったものが、いよいよこの年に出回ることになるからだ。

座敷の客への接待が一段落した午過《ひるす》ぎになり、おなつは台所のすみで土産物を包んでいる捨作のもとへ駆けつけた。

「捨作さん、わたしも包むのを手伝います」

「おう、頼むぜ」

「今年の甘露梅、うまく漬かっていますか？」

「上々だな」

そう言う捨作も、いつも厳しい表情をかすかに緩めていた。今年の梅は、三年前に竹村伊勢をやめた捨作が蔦屋にうつってきて、はじめて仕込みに加わったものでもある。ほかの板前たちとも相談した上で、「捨作さんなら間違いないだろう」と、味付けも任されていたはずだから、捨作としても、子どもを晴れの舞台に出すようで嬉しいに違いない。

台の上で、仰々しく桐箱に詰められていく梅の実をのぞき込みながら、おなつはおもわず喉を鳴らした。

「きれいな照り、そしていい香り。ほんとうに美味しそうに漬かっていますね」

「味が気になるかい」

「もちろんです。だって、わたしもはじめて仕込みに加わった梅だから」

「おれだって蔦屋に来てはじめて漬けたものだ。気持ちはわかる」

そう言って、捨作が、漬け込み壺から蜜に漬かった梅を取り出し、小さく割って、おなつの口に放り込んでくれる。

「旦那やおかみさんには内緒だからな」

「ありがとう、捨作さん……」

あとはしばらく言葉にならなかった。

小さな実の欠片を口にしたとたん、まずは馥郁《ふくいく》とした香りが鼻を抜けた。ついで口のなかには、甘さと酸っぱさと、ぴりりと辛い風味が溢れていく。さまざまな味が絶妙に絡まり合って、頬がとろけそうになり、おなつは頬を両手でおさえなければならない。

口のなかで梅が溶け切ってからも余韻を味わっていたおなつは、しばらく悶《もだ》えたあと、やっと口を開いた。

「はぁ、文句なしの美味しさですね。いつも美味しいけど、今年はなおさら。いままで食べた甘露梅のなかでもひときわ味わい深い。きっとお土産をもらった人も喜びますよ」

「そう言ってもらえりゃありがたい」

「でも、美味しいのは間違いないけど、いつもとは違う不思議な風味がします」

おなつは首をかしげた。二年前、はじめて甘露梅の漬け込み作業に加わったときは、手伝いで精一杯で、捨作が味付けの仕上げをするところをじっくり見ることができなかった。ただ例年とは風味が違うことは、長年、蔦屋の甘露梅を味見してきたからよくわかる。

「もしかして、山椒ではなく胡椒をくわえましたか？」

「さすがは、おなっちゃん。幼い頃から蔦屋にいるだけのことはあるし、舌もたしかだ。そうだな、蔦屋ではずっと朝倉《あさくら》山椒を使っていたらしいが、一昨年の漬け込みのときは、ある人の案で胡椒を使ってみた。おれもかねてより試したいと思っていたからな」

「ある人？」――と、おなつは問いかけたが、それを聞く前に、捨作はすぐに残りの梅の包装に取り掛かりはじめていた。

「ささ、今日は忙しい。味見がすんだら残りをすべて包んでしまわないと。あと、おなっちゃんには届け物も頼みたい。甘露梅のほかに、五十間団子の注文も入ってるんでね。今日は特別な忙しさだ」

「廓内に届け物？」

「あぁ」と捨作は頷いた。

「ご近所数軒と大籬《おおまがき》の大文字屋《だいもんじや》さん。そして耕書堂の重三郎さんからも注文が入ってる。重三郎さんのところも店を開けたばかりだろう。挨拶代わりに、近所に五十間団子を配りたいそうだ」

重三郎の名を耳にしたとき、いましがたの些細な疑問はすぐに吹き飛んで、おなつはすこし頰が熱くなるのを感じていた。


今年の甘露梅の味見をしたのち。すべての土産物を包み終えたおなつは、捨作に頼まれた届け物の数に間違いがないか念入りに確かめてから、主人夫婦に断って遣《つか》いに出かけた。山谷堀にある舟宿に団子を届けたあとは、吉原のとなりにある田町《たまち》、くわえて大川にほど近い今戸町の知人のもとへ立ち寄り、残りの二か所へ回るため吉原へ引き返していく。

残りの二か所のうちひとつは、廓内、大籬のひとつ大文字屋だ。店の内所を預かるお内儀が、お座敷を盛り上げるためにやってくる芸者衆をねぎらうため菓子を配りたいからと、二十人前もの団子を届けてほしいと言《こと》づかっていた。

吉原の灯りがいっせいに点《とも》される暮れ六つ。三味線の清掻《すががき》を奏でる音色がどこからともなく響いてくる。

陽が傾きはじめた頃に大門まで辿り着いたおなつは、見張りの面番所——四郎兵衛《しろべえ》会所《かいしょ》に張っていた若者と、「こんにちは」とにこやかに挨拶を交わす。本来、女性が大門を通るときは切手という通行証を見せなければならないのだが、おなつは生まれも育ちも五十間道だ。吉原につとめる者はほとんど顔見知りであり、若者は切手を確かめないまま、おなつを門のなかへと通してくれた。

「おなっちゃん、お遣いかい？」

「そうなの、甘露梅と五十間団子のお届けもの」

「捨作さんの菓子は近ごろ評判だからね。廓内の姐さんがたも待っている人が多いのさ。花魁たちだって『蔦屋さんの甘味を食べすぎて肥えてしまいんす』と言っているくれぇだ」

「ほんとうかしら」

若者の軽口に、おなつがくすりと笑って返すと、若者は「ほんとうさ」と請け合う。

「おいらも食ってみてぇなぁ。そうだ、おなっちゃんも、捨作さんに菓子作りを習っているんだろう?」

「ええ、それで今年から、店先で屋台を出してお菓子を売り出すことになっているんです。はじめは五十間道団子だけですけど、いずれは他のお菓子も出すつもりで」

「へえ、そいつは近々買いに走らなきゃならねぇな」

「ありがとう、お待ちしていますね。どうぞ今後ともご贔屓に」

若者にこたえておいてから、おなつは焦る心をおさえて廓内へと足を踏み入れた。

途端、華やいだ往来の空気に包まれる。

目抜き通りに設《しつら》えられた立派な松飾りを拝んでから、道の両側に提灯《ちょうちん》をぶら下げた茶屋や揚屋《あげや》を横目に進んだ。

大門を過ぎ、果ての水道尻《すいどうじり》までまっすぐに縦に走る大通りを仲ノ町という。この仲ノ町を主道とし、両側には各町への出入口となる木戸があった。大門を入ってすぐの右の木戸の奥が江戸町一丁目、左側が江戸町二丁目。ほかに揚屋町、伏見町、堺町《さかいちょう》、角町《すみちょう》、京町《きょうまち》一丁目、京町二丁目とで廓内は構成されていた。この町内に、各妓楼が軒を連ねているのである。

主道を抜け、おなつは、京町一丁目の大文字屋に向かった。

木戸をくぐり、町内の大籬、大文字屋に足を踏み入れる。妓楼は二階建てで、一階は格子張りの張り見世と、楼主をはじめとする使用人たちが詰めている内所があった。

おなつは、大文字屋のお内儀に、注文を受けていた五十間団子の包みを手渡すと、すこしでも早く最後の届け物をしたくて、早々に腰を上げたのだが、「あ、そうだ」となにかを思い出したらしいお内儀に呼び止められてしまった。

「ちょいとお待ちよ、おなっちゃん」

「はい、なんでしょうおかみさん」

「そういや三千歳《みちとせ》花魁に頼まれていたんだよ。用があるから、帰る前に二階の部屋に立ち寄ってほしいとさ」

大文字屋の三千歳といえば、呼出《よびだし》と呼ばれる格上の遊女で、見世で一、二を争う売れっ妓《こ》だ。

廓内には、幼い頃から通っているおなつである。もちろん三千歳のことは見知っていたが、親しく話したことはない。いったい何用だろうか。見当もつかず、かといってお内儀の面子を潰すわけにもいかず、おなつは焦《じ》れた気持ちを落ち着かせて二階への階段をのぼった。

「花魁、五十間道蔦屋のなつです」

二階の廊下を渡った先に三千歳の部屋があり、障子越しにおなつは声をかけた。すこし間を置いて、こたえが返ってくる。

「おはいりなんし」

障子の向こうからやわらかくも透き通った声が聞こえてきて、おなつは胸をなでおろした。緊張の糸がすこしほぐれていた。

「お邪魔します」と、おなつが遠慮がちに障子を開けると、部屋の奥に三千歳花魁のしなやかな姿が見えた。その膝では、愛猫だという茶虎の猫がおだやかな寝息を立てている。

三千歳は先刻まで湯を使っていたらしく、着物からのぞく陶器のごとき肌はやや赤らみ、黒々として美しい髪が背中に流れているさまは、おなじ女性のおなつの目から見ても、ため息がでるほど美しかった。

湯ざましのために窓の桟《さん》にもたれておもてを眺めていた三千歳は、入口のほうを振り返り、おなつを手招きした。おなつは誘われるまま、自らも窓のそばに座った。

「花魁、お内儀から聞いて参りました。ご用とはいったい?」

「これは、あなたが作ったものでありんすか?」

猫を起こさないように声をひそめながら、三千歳が差し出してきたものは、手のひらに乗るくらいの、犬の形をした小さな細工物だった。小ぶりで寸胴だが、丸い耳と飛び出た尻尾が愛嬌だ。

「あら、それは、わたしの……」

細工には見覚えがあった。たしかにそれは、一昨日におなつが拵えた子犬のしんこ細工に違いなかった。蔦屋の常連である喜三二が持っていったはずだが、それがなぜここにあるのだろうか。

おなつが首をかしげていると、三千歳がこたえてくれる。

「じつは今日の昼見世の前に、重《じゅう》さんが貸本を持って立ち寄ってくださって、うちの禿《かむろ》たちにって置いていかれんした。すこし不格好だけど、かわいいからぜひにと」

「兄さんが……」

「重さんが作ったものかとお尋ねしたら、うちの妹が、とおっせぇしたもので」

朱を指していなくても艶やかな三千歳の口から、「重さん」という名がするりと出てくると、おなつはなぜか胸が締め付けられる思いがした。

それを気取られぬために、おなつは微笑を浮かべる。

「ええ、わたしが拵えたものです。売り物ではないというのは、いびつな形を見ればわかる通りです。まだ鍛錬をはじめて間もないものですから」

　喜三二に「狸」と言われてしまった子犬の細工物を眺めて、おなつ自身もおかしくなってしまった。細くしなやかで美しい花魁の手のなかにあれば、いびつさがより際立つというものだ。

「これは、しんこ細工といいます」

「しんこ細工？」

「はい、お団子やすあまとか切り山椒とか、あとは柏餅《かしわもち》なんかを作る米粉を上新粉っていうのですけど。それを蒸して練って搗いたものを、熱いうちに形を整えてやると細工物ができるんです。だから、しんこ細工。作る形は、犬や猫、兎、縁起物の干支とか鶴亀とか、あとは金魚とか、お花、上手になればなんでもできます」

「おもしろうおざんすな」

「うちの五十間団子を作るとき、上新粉が余ると分けてもらえて、手伝いの合間にすこしずつ鍛錬しているんです。今年から蔦屋の軒先を間借りして菓子を売ることになったので、こんな細工物でも置いておけば、すこしでも人目を引いて、ほかのお菓子も手に取ってもらえるかと思いまして」

「なるほど、見て人を楽しませるお菓子、ということでありんすね」

「いまは未熟ですが、いつかは、そんなものを作ってみたいです」

そこまで言ってしゃべりすぎたと悟ったおなつは、頬をすこし赤らめて口を閉ざした。大文字屋で一番の売れっ妓に対し、馴れ馴れしすぎたかと猛省したのだ。だが、三千歳は気分を害すどころか、黒目がちな大きな目を細めて微笑みかけてくる。

「いまのままでも、すっかり楽しませていただきんした、ありがとうおざんす」

「そんなお礼なんて」

「ほんにかわいい。重さんも、それがわかって置いていってくれたんでありんしょう。わっちもずいぶんと慰められたし、禿たちにもいいお年玉になりんした。よかったら、また蔦屋さんのお菓子と一緒に、ほかの細工物も持ってきてやっておくんなまし」

「はい、合間を縫って、また近いうちにお届けします。そうですね。つぎは新年の干支の細工物なんてどうでしょう」

「ありがとう、おなつさん。甘いものはそれだけでも心がほぐれる。ましてや、こんなかわいらしい細工物ならば」

そこで口を閉ざし、三千歳ははかなげに微笑んだ。

おなつがはじめて見る表情だった。

籬から決して出ることがかなわない花魁や禿たち。姿形は艶《あで》やかで、目が眩むほど美しく見えるのに、彼女らの不自由さを思うと胸がしめつけられた。

自分の未熟な細工物でも、すこしでも慰めになってよかった、菓子作りをはじめてよかったと感じるおなつだった。


大文字屋にすっかり長居をしてしまったおなつは、慌てて店を出て、この日最後の届け物先に向かった。

「急がなくっちゃ」

最後のひとつの菓子包みを抱えたおなつは、どこか声を弾ませていた。

じきに日も暮れてしまう。あまり遅くなるとお栄に叱られるかもしれないが、これから行く先は、たとえ叱られてもゆっくり立ち寄りたいところだった。

届け先は、仲ノ町にある耕書堂蔦屋。

昨年まで、おなつとともに五十間道の引手茶屋蔦屋で一緒に暮らしていた、重三郎が新しく構えた地本問屋《じほんどんや》だ。

五十間道蔦屋にいたとき重三郎は、叔父である次郎兵衛に軒先を間借りして、屋台での貸本屋を営み、合間に『吉原細見』という、正月と夏に出る吉原案内を土産物として売っていた。それが廓内に店を持ち、引き続き貸本もやりつつ、本の小売も行っている。また昨年の幾月かのあいだ、『吉原細見』の板元である鱗形屋《うろこがたや》が一時休業したため、その代わりをつとめる形で、細見出版にも一部食い込むようになっていた。

「ごめんくださいませ」

『耕書堂』と暖簾がかかった軒先をくぐると、錦絵《にしきえ》や本が積まれた畳敷きの縁台の奥で、ひとりの男が本を読んでいた。番台によりかかり、片手では本をめくり、もう片方では器用に煙草盆《たばこぼん》を引き寄せて煙草を吸いはじめる。

「重三郎さん」

すこし緊張ぎみに、おなつは店の主に声をかける。

呼びかけに男は顔を上げた。年は二十代半ば、色白で細面、鼻筋がすらりと通り、秀でた眉がいかにも凜々しい。切れるほどの男ぶりだが、目元の穏やかさが印象を柔和にしていた。もともと笑みが板についている上に、「おなつ」と言ってさらに相好を崩す。

「よく来てくれたじゃないか」

「頼まれものですからね。重三郎さん、ご無沙汰しております」

「おや、ちょっと会わない間にずいぶんと他人行儀だね」

「……だって」とおなつは、すこしだけ砕けた調子でこたえる。

「重三郎さんは、いまや立派なお店を構えるご主人だもの。蔦屋に立ち寄るお客さんからもよく聞くの。耕書堂には、本や細見を求める人だけではない、吉原界隈の重鎮や上客、名のある文人論客がひっきりなしに通ってくるって。そんな人たちと一緒になって意見を交わして、吉原を動かしているんだって。いまや吉原の顔役のひとりだって」

「誰が言ったんだいそんなこと。大方、喜三二さんだろう」

重三郎はひとつ苦笑すると、煙草を深く吸い込み、ついで、ゆるりと紫煙を吐き出した。

おなつの目から見ると、そんな何気ない所作ひとつひとつが洗練されていて、「吉原の顔役」と言われてもまるで子細ないと思えるのだが。

実際に、重三郎は吉原界隈で商売する者、小間使いや下足番などの下っ端の使用人、出入りする芸者や幇間《ほうかん》など、「吉原者」のすべてを頭のなかに網羅しているのだという噂もある。おなつも、その噂はあながち嘘ではないと信じていた。

それでも重三郎本人は、とんでもないとばかりにかぶりを振る。

「おいらなんてのは、まだまだ駆け出しの若僧だよ。吉原の顔だなんてとんでもない。

調子に乗ったら、名だたる楼主、町内の旦那衆、お役人、あとは……とにかく本物の重鎮たちにたちまち除《の》け者《もの》にされちまう。ささ、くだらない遠慮はしなくていいから、茶の一杯でも飲んですこし話をしておいきよ」

「でも……」

「あと、重三郎さんはやめとくれ。おいらはもう蔦屋の人間じゃないみたいで哀しくなる」

「じゃあ兄さん」

「うん、それでいい」

重三郎に促されるまま、おなつは届け物である包みを手渡して番台に上がった。

いっぽう包みを受け取った重三郎はご満悦だ。

「やぁ名物五十間団子、待っていたよ。うちに来るお客さんにも出したくてね。吉原には名物の菓子は数多あれど、おいらにはこれが一番だ」

重三郎なりに、実家の菓子を広めてくれるつもりなのだろう。兄とも慕う男にはそんな義理堅いところがある。おなつは素直に「ありがとう」と頭を下げた。

包みを持っていったん奥へ引っ込んだ重三郎は、すこししてから、手ずから茶の用意をして戻ってくる。

血のつながったほんとうの兄妹ではないが、十数年、蔦屋でともに助け合って暮らしてきたおなつと重三郎は、昔からそうしてきたように、茶盆を挟んで向かい合った。

「五十間道の皆は息災かい」

「はい、おかげさまで」

「相変わらずの繁盛ぶりだとか」

「おかみさんがしっかりしていますから」

「あぁ、隅々まで細かいお栄姉さんの言うことを聞いてりゃ間違いないさ。叔父さんはちょいとおおらかすぎるところがあるからね」

万事口うるさいお栄と、のんびりとして人が好い次郎兵衛のことを思い出し、ふたりは笑い出す。

久し振りの再会ではじめはぎこちなかったものの、会話をするうちに緊張はすぐにほどけて以前のとおり気安く話が弾む。

おなつは、重三郎の近況を聞くことが嬉しかった。耕書堂の商いは、貸本も小売業も順調とのこと。ついで正月と夏の年二冊出版される『吉原細見』は、鱗形屋という日本橋の板元が一時休業しているあいだ、従来のものに重三郎が改良を重ね、内容を濃密にし、さらには体裁を工夫することで紙の枚数を減らして、値も下げることができたのだという。

「おかげで細見の売れ行きは上々さね。年明けに店先に出したものはもう捌《さば》けてしまった。いまは再刷りをかけているところさ。おかげで、ご覧のとおり暇なわけだが」

「さすがは兄さん」

「そういうおなつは、菓子処をはじめる支度は整ったのかい？」

「だいたいは」とおなつは頷く。

　重三郎がかつて貸本屋を営んでいた場所をそっくり借り受け、『菓子処つた屋』をはじめるのはもう間近だ。

「はじめは捨作さんが拵えた五十間団子を売るだけだけど。すこしずつ品を増やしていって、いつかは、わたしが拵えた菓子も出してみたいと思ってるの。もちろん捨作さんの舌を納得させてからなんだけど」

「納得させられるかな？　あの頑固爺さんを」

「意地悪な言い方」

「ははは、すまない」

「これでも、お客を呼ぶ方法はあれやこれや考えていますよ。座敷のほうにも菓子のお品書きを置いておいたり、常連さんに試しに食べてもらったり」

「あとは……」と、重三郎はしばし考え込んでから手を打った。

「そうだ、しんこ細工を飾って客の目を引くのもいいじゃないか。客の目の前で作ってみせるのも喜ばれるかもしれない。喜三二さんからもらったんだよ、おなつが拵えた狸の細工物を」

「あれは狸じゃなくて子犬なのよ」

わざと間違えているのがわかったので、おなつは重三郎のにやけ顔をかるく睨んだ。

重三郎はさらにおかしそうに腹を抱える。

「うん、うん、狸みたいにぽっちゃりしていてかわいらしかった」

「ありがとう存じます。で、かわいかったから三千歳花魁にあげたんでしょ?」

「知っていたのかい」

「先刻、大文字屋さんに行ったときに花魁から聞きました。禿さんたちもとても喜んでくれたって。また別のものを拵えてほしいって」

「ならよかった」と、重三郎はにこにこと笑っている。

おなつは戸惑ってしまう。

重三郎が子犬のしんこ細工を花魁に差し出したのは、花魁や禿たちを慰めるためなのか、それとも、おなつの細工物を世間に広めたかったからなのか。真意を確かめたい気持ちもあったが、それがはっきりとわかってしまうのも恐《こわ》かった。

それに思うのだ。

「きっと兄さんの真意は、どちらもなのだろう」——と。

吉原の華である遊女たちを気遣う。吉原で商いをする人々を助ける。吉原でしか生きていけない人たちを守る。人と人を繋げて己の商いもうまく回る。ひいてはそれがすべて吉原の発展に繋がる。

重三郎にとってはそれがすべて。

蔦屋の重三郎は、本物の「吉原者」なのだと。

限られた誰かひとりのものになる人ではないのだと。

そんな重三郎が誇りでもあり、かつ、少し寂しくもなるおなつであった。

「……すっかり長居しちゃいましたね」

重三郎が淹《い》れてくれた茶をもうひと口含んでから、おなつは湯呑を戻した。

茶を飲み切るまで話をしていたかったが、長居をすればするほど、離れがたくなる気がしたのだ。

「もう店に戻らないと。おかみさんに叱られちゃう」

「あぁそうかい。正月だからね、そちらも忙しいだろう。引き留めちゃ悪いかな」

もうすこし話をしたかったと重三郎が残念そうに言うので、おなつは胸がいっぱいになる。

未練を断ち切るため、おなつがいきおいよく腰をあげたところ。

ふいに背後から足音が聞こえてきて、何者かが店に入ってくるのがわかった。

「重さんはおいでかしら」

おなつは振り返る。

おもての暖簾をくぐって入ってきたのは、四十くらいの女だった。浅黄色の縞の留《とめ》袖《そで》に紅い帯、さほど派手な装いではないが、化粧がやや濃く見える。流し目や所作にも色気がただよっていて、芸者か遊女か、元々玄人《くろうと》だったのだろうと察せられた。

「おきよさん、お待ちしてました」

腰を上げたおなつのとなりで、重三郎もまた立ち上がった。客が訪れるのが予《あらかじ》めわかっていたらしく、「ささ、こちらへ」と相手を促している。

おなつは、客の女性にどこか見覚えがあると感じながらも思い出せず、入れ替わるため、重三郎に暇《いとま》を告げた。

「わたしはこれで。兄さん、また寄らせてもらいます」

「うん、また。おいらも今度蔦屋に寄るよ」

「兄さん？」

義理の兄と妹が挨拶をかわしていると、それを見ていた客が首をかしげた。

「兄さんてことは……あなた、もしかして、おなっちゃん？」

すこし歯切れの悪い物言いをしながらも、客は、おなつの顔をまじまじと見つめながら歩み寄ってきた。そして、しばし考え込んでから、「あら、やっぱり」と手を打った。

「あらあら、本当におなっちゃんだわ。すっかりいい娘さんになっちゃって。そうね、あたしのことなんかわからないわよね。前に会ったのは二年前くらいのことだもの」

そこで客は、自分は、山谷堀の舟宿湊屋《みなとや》に後妻に入った、おきよと名乗った。

「湊屋さんの……」

「ええ湊屋に入ったのは、だいたい三年前のことなのだけど、その前は、山谷堀で芸者をしていたの」

おなつは納得した。もと芸者というのなら粋な装いにも、漂う色気にも合点がいくし、現役だった頃に蔦屋に出入りしたこともあるだろう。おなつとも顔を合わせたことがあるはずだ。

「芸者だった頃もお世話になったのだけど。一昨年の五月、蔦屋さんで毎年行われる甘露梅の漬け込みに加えてもらったのよ。当時はまだ後妻に入って一年たらずで、近所のお内儀さんたちとも親しくできなくて、見かねたお栄さんが誘ってくだすってね」

「そうでしたか」

一昨年の甘露梅の漬け込みといえば、おなつがはじめて加わったときのことだ。

吉原の正月名物甘露梅の漬け込みは、蔦屋でも毎年五月に執り行われる。

仕込みの量が多く、人手がたくさん必要となる店では、近所から女性陣の応援を頼むのが常だ。蔦屋も同様で、漬け込みのときは、五十間道からも山谷堀界隈からも、ときには廓内からも粋な女たちが集まってくるのでそれは賑やかになるのだ。

そんななかで、当時おなつはひどく緊張したものだが、おきよも新米お内儀として同じ気持ちだったのだろう。おなつはすこし親しみを感じた。

「その節は、お手伝いをありがとうございました」

「とんでもない。お礼を言わなけりゃいけないのはこちらなの。あのときお栄さんに呼んでいただけて、おかげさまで、ご近所のお内儀衆とも懇意になれた。おなっちゃんも、あのときは細々《こまごま》とよく働いていてねぇ、よく覚えてますよ。へぇえ、あの幼さが抜けてなかったおなっちゃんが、すっかりきれいになっちゃって。ねぇ、重さん」

おきよが話を差し向けると、重三郎も嬉しそうに微笑んで、

「えぇ自慢の妹ですよ」

と、こともなげにこたえていた。

おなつは気恥ずかしくなってしまって言葉もない。

そんなおなつの横で、おきよがしみじみとつぶやいた。

「そうかぁ、あれからもう二年。ということは、蔦屋さんで出す今年の甘露梅は、あのときあたしが手伝った甘露梅ということね」

「そうなりますね」

「……美味しくできたかしらね」

「すこし味見をさせてもらったんですけど、とても上手に漬かっていましたよ。甘酸っぱくて、すこしだけぴりりと辛くて、口いっぱいに風味が広がって。そうだ、今年出すものは、いつもの甘露梅とすこし風味が違うんですよ。おきよさんにも味わってもらいたいです」

「そうね。もし間に合えば寄らせてもらおうかしらねぇ……」

甘露梅は正月の縁起物としても人気なので、どの店でも、すぐに売り切れてしまうことが多い。だからといって、なにかを迷っているのか、「すぐに伺う」とは言わな

いおきよだった。

甘露梅の話はここまでで、この日、おきよは、正月に出たばかりの『吉原細見』を取りに来たとのことだった。前金を渡して取り置きをしていたらしく、「うちのお客様に土産物として配るのよ」と、あらかじめ重三郎がひとつにまとめたものを受け取っていた。

「じゃ、あたしはこれで」

細見を抱え、そそくさとおきよは帰っていく。

最後、すこし思い悩むそぶりのおきよの態度が気にかかったが、おなつ自身も急いでいたので、重三郎ともう一度挨拶を交わしてから耕書堂をあとにした。

正月三が日の五十間道蔦屋は、常連客の接待や挨拶回りで慌ただしく過ぎていったが、そんな浮ついた空気がようやく一段落した頃のこと。

午過ぎ、蔦屋の軒先に出した屋台で、五十間団子の包みを並べていたおなつに、「もし」と声をかけてくる客があった。

「あら、おきよさんじゃありませんか」

おなつは驚きに目を見張る。

訪ねてきたのは、数日前に、重三郎の耕書堂で会ったおきよだった。

「いらっしゃいませ。五十間団子をお求めで？」

「いえ……お団子ではなくて、その……」

「ひょっとして甘露梅でしょうか？」

「そうなの。もしまだ残っているなら、それだけでも分けていただこうかと思って」

数日前、おなつたちの会話にのぼったのが甘露梅だった。だが、そのときの様子からして、おきよが本当に購《あがな》いに来るとは思わなかった。だからおなつは内心驚いたのだが、そぶりは見せずに頷いた。

「お待ちください。まだお出しできるものがあるかどうか、職人に聞いてみます」

正月の縁起物である甘露梅は、どの店でも、たいてい三が日で売り切ってしまう。大量に漬けてあった蔦屋の梅も、正月の土産物として売り出したものと、ご近所衆への挨拶回りの際にほとんど配り終えてしまったはずだ。残っていたとしても客に出せない質のものか、進物とするには数が足りなくて余ったわずかなものか。

板場に引っ込んだおなつは、一日分の菓子を作り終えて休憩していた捨作にわけを話した。

「湊屋のおきよさんが？」と、捨作は首をひねる。

「ええ、すこしでもいいから欲しいとおっしゃるのだけど」

「そうかい。あの人はたしか二年前の漬け込みのときに、うちに手伝いに来てくれたっけか」

「そうなんです。この前兄さんのところでたまたま会って、ちょうどそんな話になって。だから、よかったら味見でもしてはどうかって誘ってはいたのだけど」

だが、おなつの誘いにも乗り気でないと見受けられたおきよである。三が日を過ぎたあとに訪ねてきたのは、どういった心の変化だろうか。そんなことを考えながら、おなつは、土間に置いてある漬け込み壺をのぞき込む捨作の返事を待った。

壺の中身を確かめていた捨作は、

「あぁ、そうだ、おきよさんといえば」

と、ふいに声をあげた。

「どうしたんです、おきよさんがなにか？」

「いやいや、そうだ、やっと思い出した。おなっちゃん、このあいだ話したろう。今年の甘露梅、漬けるときに、ある人の案で違う風味を試したって」

「はい。いつもは朝倉山椒を使っていたけど、どなたかの案で胡椒を使ってみたんですよね」

「胡椒を使ってみたらどうかと言ってくれたのは、当のおきよさんじゃなかったかな。いや、きっとそうだ。あの人だよ」

「えっ、そうなんですか？」

おなつは呆気《あつけ》に取られる。

「そんな大事なこと、おきよさん、ひと言もおっしゃらなかった」

先日、耕書堂で話をしたとき、おきよは、なぜ胡椒を使う案を出していたことを黙っていたのだろうか。

おきよ自身も忘れていたのか。

いや、忘れていないからこそ、一度は迷ったものの、三が日を過ぎてわざわざ甘露梅を求めに来たのではないか。

おきよに問いたいことは様々あったが、店先に戻ったおなつは、まずは「すこしでよければ手配できる」とおきよに告げた。

それを聞いたおきよは胸をなでおろした。

「ほんとうに？　助かるわ。ではさっそくお願いしようかしら。それから、贈り物として簡単に包んでもらえると助かるのだけど」

「はい、承りました」

「それはそうと……」と、おなつは控えめに問いかける。

「おきよさんに、お尋ねしたいことがあるのですけど」

「なにかしら？」

「差し出がましくてすみません。でも、いましがた職人に聞いたんです。一昨年、梅を漬け込むとき、風味付けに胡椒を使ってはどうかと言ってくださったのは、おきよさんだったんですね」

「あら、職人さん、覚えていてくださったの」

「おかげさまで、いい風味に仕上がったと菓子職人の捨作さんも言っていました。うちの主も、蔦屋の新しい名物になるんじゃないかって大喜びです」

「そんなに風味の違いがはっきりわかるものかしら」

「ずいぶんと違いますよ。甘露梅を食べ慣れている人ほど、よくわかるんじゃないでしょうか。とっても美味しいです」

「嬉しいことを言っておくれだね」

かすかに笑みを浮かべたおきよだったが、なにか引っ掛かることがあるのか、すぐに表情を曇らせてしまう。

それを見て、おなつはますます気がかりになった。

「おきよさん、どうしました？　お困り事でしょうか」

「あのぅ、おなっちゃん。無理を言って甘露梅をわけてもらって、こんなことまで頼むのはまことに心苦しいのだけど……」

おきよは、いったんためらいつつも、話をつづけた。

「ある人のところに、あたしの名は伏せて、この甘露梅を届けてもらえないかしら」

それが、甘露梅を求めてきた、おきよのもうひとつの頼みだった。

わけは聞かないでほしいとも念を押されてしまった。

「妙だし、勝手な頼み事よね。だから、こんなことお願いしてもいいか、迷っていたのだけど。やっぱり諦められなかった。蔦屋のおなっちゃんといえば廓内の人たちにも顔が知れてるし、先方も、味見をしてくれるのじゃないかしらと思って」

「届けるのは構わないのですけど……」

「お願い、どうしてもその人に、二年前に蔦屋さんで漬けた甘露梅を食べてもらいたいの」

しばし返答に迷った末に、おきよの熱意に負けて、おなつは「わかりました」と、頼み事を引き受けることになってしまった。

おきよが指定した届け先は、廓内京町一丁目の妓楼、藤野屋《ふじのや》――そこで下足番をつとめる「伊作《いさく》」という若者だ。

「藤野屋の、伊作さん……か」

蔦屋での一日のおつとめが一段落した夕刻頃、おなつは大門をくぐって目当ての場所に出向いた。

この刻限の吉原は、すでに夜の装いだった。

目抜き通りは数多の提灯によって煌々と照らされ、そのなかを夢見心地で多くの人間が行き来している。嬌声がするほうを見れば、仲通り脇にある見世の表格子から客引きの煙管が差し出され、男と女が戯《たわむ》れている姿があった。

通りを進んでいくとときどき知った顔を見たが、おなつはあえて気づかぬふりをして目を逸らす。世の些末事を忘れて彼岸で遊ぶ人々に、此岸のことを思い出させない。吉原とは、すべての人が、この世の身分やしがらみから解放される場であらねばならない。それが決まりなのだと蔦屋から叩きこまれている。

まっしぐらに藤野屋に向かったおなつだが――京町一丁目の藤野屋という半籬《はんまがき》に、伊作という人物はいなかった。

「困ったなぁ」

おなつは途方に暮れていた。

藤野屋の番頭からは、「いないものはいないのだから仕方ない」とつっぱねられ、かつ、おきよからも出所を明かさないでほしいとも言われているので、それ以上は追及することができなかった。

おなつは目的を果たせないまま、藤野屋をあとにするしかなかった。

その後、おきよが店を間違えたのかもしれないと思い、伊作という人物の所在を求め、京町一丁目の店をあちこち回ってみた。だが、いずれも当てがはずれた。

おなつは遊興客でごったがえす目抜き通りを、疲れた足を引きずり、大門に向かって歩いていた。

足元ばかり見ていたので、向かいから人が迫ってくるのが、自分のほうに伸びてきた人影でわかった。

「おなつ」

名を呼ばれて、おなつは顔をあげる。

「こんな刻限にどうした？」

大門を背にして向かいから歩いてきたのは、すらりと丈高い影の主——重三郎だった。

用事で出かけていた帰りなのか、風呂敷包みを小脇に抱えながら、立ちすくんだおなつに歩み寄ってくる。ついで「あっちへ」と、おなつの手を引いて人混みから抜け出した。

道の脇へ寄ったあと、重三郎は、おなつの冴えない横顔を一瞥してから、行くあてのない菓子折りに視線を落とした。

「その菓子は？」

「うちの甘露梅です」

「へぇ、三が日が過ぎたってのに、まだ残っていたのかい」

「ほんのすこしだけ。どうしても欲しいという方があって、捨作さんが用意してくれたのだけど」

「それなのに、せっかくの甘露梅の行き場がなさそうだ」

「………」

おなつが黙り込んでしまうと、重三郎はかるく笑みを浮かべる。

「おなつにとっては大事な菓子だものな」

「せっかく、わたしがはじめて漬け込みを手伝った甘露梅なのに」

「むくれることはない。行き場がないのであれば、おいらが喜んで引き受ける。それよりもまずはわけを話してみないか。力になれるかもしれない」

「うん。でも……兄さんを信じて話すのだから、誰にも言わないでね」

「心得た」

おきよはあまり表沙汰にしたくはなさそうだったが、先日、一緒におきよと話をした重三郎にならばと思い、おなつは事の経緯を語った。

すべて聞き終えた重三郎は、顎に手を当てしばし考え込んでいる。

「なるほど。耕書堂で話をしたあと、おきよさんは悩んだ末に、蔦屋の甘露梅を求めに来た。それを己の名を告げずに、伊作って人に届けてほしいと頼んできた。しかも、一昨年の漬け込みのときに、胡椒を使うことを進言したのも、おきよさんだった」

重三郎は経緯を反芻する。

「おきよさんが、伊作って人に贈りたかったのは、ほかでもない胡椒を使った甘露梅だったってことだ。ほかの梅ではいけなかったんだ」

「そういうことですよね。でも、一昨年の漬け込みのときに、今日のことを考えていたのかしら？」

「どうだろう。お栄姉さんから仕込みに誘われたのは偶然だったろうし、胡椒の風味付けを申し出たのもたまたまだったかもしれない」

「たまたまだったけど、このあいだ兄さんの店で話をしたときに、二年前に漬けたうちの甘露梅のことを思い出した?」

「うん。それで、伊作さんに贈ろうと考えたのかもしれないね」

「でも、贈るにも、かんじんの相手がいない」

そもそも、「藤野屋の伊作」なんて人物がほんとうにいるのだろうか。なぜ贈るのが胡椒風味の甘露梅でなくてはならなかったのか。

話はそこで行き詰まり、おなつは頭を抱えた。

「ねぇ、兄さんは、伊作さんって人のこと知ってます?」

吉原中に顔が広い重三郎のことだ。たとえ下足番だとて頭に入っているのではないかと期待したが、重三郎はすまなそうに首を振った。

「いいや、藤野屋さんにも、よく貸本を届けに立ち寄るが、伊作という下足番は知らないな」

「兄さんにわからないんじゃ、わたしなんて尚更お手上げね。これから、おきよさんにも事の次第を話しに行かないと」

「うぅん、藤野屋の伊作さん、か」

重三郎もなんとも釈然としない面持ちで唸った。

「この蔦屋重三郎が吉原のことで知らないことがあるなんて、どうにも気持ちが悪い。どれ、おいらも一緒におきよさんのところへ行こう」

「でも、これってほんとうは内緒の話だから……」

「おいらが、きちんとおきよさんに話すさ。先に三人で話し合った縁だ、そのあとどうなったか気になって、おいらが無理やり聞き出したってことにする」

「ならいいんだけど……そういえば耕書堂の店番は？」

「そっちも平気さ、近ごろ店番をひとり雇ったからね。本や細見を売るだけなら、そいつにまかせられる」

「お店番を雇ったの？　お女中さん？」

もしや嫁を貰ったのだと言い出さないか。おなつの胸のざわめいた。

だが、重三郎は「男だよ」とそっけなくこたえる。

「勇助《ゆうすけ》っていう、おいらの遠縁の子で、元ごろつきだが、いまはおとなしいものだから大丈夫。おなつにも、そのうち会わせよう」

そんな話をしつつ、おなつと重三郎は吉原大門を出て、五十間道をやり過ごし、山谷堀にある舟宿湊屋に出向いた。

大川に面した店の桟橋には、吉原に向かうため、方々から猪牙舟が絶え間なくつけてくる。舟から降りた客たちは、舟宿の各客間へ通され、吉原に上がる刻限まで飲んだり食べたり遊んだりして贅沢な時を過ごしていくのだ。

客間のひとつに通されたおなつたちが、おきよに会えたのは半刻後のことだった。すっかり恐縮した体《てい》のおきよが、両手をついて頭を下げる。

「あいすいません。重さんまでいらしてくださったのに、お客がどうも途切れなくて、すっかりお待たせしちまって」

「繁盛しているご様子でなによりです」

「いえ、ご実家の蔦屋さんには到底及びませんよ」

愛想笑いを浮かべておいてから、おきよは、重三郎とおなつ兄妹の顔を見比べた。ふたりの来意はいかなるものか。遠慮がちに尋ねてくる。

「あの、それで、今日はいったいどんなご用向きで？」

「おきよさん、じつは……」

「あいすいません」と、おなつよりも先に重三郎が申し出た。

「じつは妹から、藤野屋さんに届ける甘露梅のことを伺いまして。おいらが無理やり聞き出したんです。すこしでもお力になれないかと思い」

「まぁ、そうでしたか」

重三郎に話が漏れたことを、おきよはあまり気にしたそぶりはない。それよりも、甘露梅を届けたあとの報告が聞きたそうだった。

「どんなふうでしたか？　伊作さんからの言伝《ことづて》なんかは？」

「そのことなんですけど」

おなつは、すこし肩を落としてこたえた。

「お役に立てず、すみません。じつは藤野屋さんに、伊作という人はいないと言われてしまったんです」

届け物ができなかったと告げたところ、「そんなはずはないのだけど」と、おきよは首をひねった。

「たしかに藤野屋で下働きをしていたはずなのだけど……」

「勝手ながら、もしや、おきよさんが店の名を間違えて覚えているのではないかと思って、おなじ京町一丁目の妓楼を片端から当たってもみたんです。けれど、やっぱり伊作さんという人はどこにもいらっしゃらなかった」

「おいらも藤野屋の伊作さんってお人に覚えがないんですよ。吉原にある店のことなら、主から小間使いまで、だいたいの顔と名は頭に入っているのですが」

「そうですか……」

時間をかけて京町一丁目を歩き回ったという話を聞いても、おきよは戸惑っている様子だ。

おなつと重三郎も、それ以上はかける言葉を見つけられずにいたところ、

「おきよ、そのくらいにしておきなさい」

と客間の外から声がして、襖《ふすま》を開けてひとりの男が部屋に入ってきた。肉づきがよく声にも張りがある壮年の男で、その貫禄に当てられたおなつたちは、おもわず姿勢を正す。

その男がおきよの隣に座り、おなつたちに丁寧に頭を下げた。体が大きく貫禄はあるが、意外なほど物腰は柔らかだ。

「わたくし湊屋又兵衛《またべえ》と申します。この舟宿の主をしております」

「湊屋のご主人」

重三郎がやはり頭を下げて応じると、湊屋又兵衛は「このたびは、おきよが面倒なお願いを」と、自らの額をぴしゃりと叩きながら話をはじめる。

「申し訳ない、襖越しに話は聞いておりました。藤野屋さんに伊作という男がいないのならば、このお話はもう結構でございます。どうぞお気遣いなくお願いいたしま

す」

「でも、あなた……」

舟宿湊屋の主人又兵衛が言うと、隣のおきよが口を挟みかけた。それを、又兵衛は手を上げてそっと遮る。

「もう、およし。伊作が見つからないのであれば諦めるしかないじゃないか。これ以上、蔦屋さんにご面倒をかけるものじゃない」

「……」

おきよが黙り込んでしまうと、又兵衛は、妻を労わるように肩を叩くと、あらためておなつと重三郎に頭を下げる。

「この度は、おきよのために骨を折ってくださってありがとうございました。いずれ、きちんとお礼をさせていただきます」

「お礼だなんて、そんな」

「いいえ、それをせぬことには、湊屋の信頼にもかかわりますから」

物腰は柔らかいが、これ以上の詮索を拒む又兵衛の物言いだった。おなつと重三郎は、「わかりました」と頷くしかない。意気消沈して肩を落とすおきよのことは気になったが、暇を告げることにした。

おなつたちが腰を上げると、玄関まで見送ってくれた又兵衛が、まぶしそうに重三郎のことを見つめながら言った。

「重三郎さん」

「はい」

「しばらく見ない間に、ますますご立派になられましたな」

「恐れ入ります」

「五十間道の蔦屋さんは、いずれ重三郎さんがお継ぎになるので？」

湊屋又兵衛の問いかけに、おなつもまたはっとした。蔦屋夫婦にはいまだ実の子がいない。この先、夫婦に子がいないままであれば、いずれ重三郎が五十間道に戻ってくるかもしれないのだと、このとき、おなつは初めて気づいた。

だが、当の重三郎は首を傾げ「どうでしょう」と曖昧にこたえた。

「おいらは実家を出た身で、耕書堂をはじめて間もないですから。この先どうなるかは、まるでわからないのです。叔父夫婦もおおらかな人たちなので」

「そうですか。しかし、重三郎さんのような方が身内にいらっしゃれば、蔦屋さんも安心でしょう。いやはや羨ましい。それに比べ、うちときたら……」

そこまで言って、湊屋又兵衛は口を閉ざしてしまった。

すると、又兵衛の後ろに控えていたおきよが、夫の横に進み出てきた。

「長らく引き止めてしまって、ごめんなさい。今日は立ち寄ってくださってありがとうございました」

おきよが無理に笑顔をつくっているのがわかって、おなつは心が痛んだ。

「お力になれず申し訳ありません、おきよさん」

「いいえ、おなっちゃんのせいじゃありません。町中を捜しまわってくれてありがとう。もう気にしないでちょうだいね」

そう言って、おきよは、おなつと重三郎に対し深々と頭を下げた。

湊屋夫婦に見送りをされ、おなつたちは山谷堀から五十間道を目指す。

その道すがら、重三郎はぽつりとつぶやいた。

「湊屋さん、跡取りのことで悩みでもあるのだろうか」

「兄さんのことを羨ましがってた。言われてみれば、そんな感じでもありましたね」

「商売もうまくいっていると噂に聞くし、ご主人とおきよさんも、いい人たちだった。それでも、どこにでも悩みってのはあるものなんだなぁ」

おきよが、胡椒風味の甘露梅にこだわった理由は聞き出せずじまいだったが、おなつたちは、ひとまず湊屋をあとにするしかなかった。

山谷堀から日本堤を通り、五十間道の曲がりくねった道に入ったところ、おなつは、後ろ髪引かれる思いで何度も道を振り返った。

「このままでいいのかしら」

「当人がいいと言っているのだ、仕方ないのじゃないかね」

「せっかく美味しく漬かった甘露梅なのに」

「だから、それはおいらが頂くよ。そもそも、蔦屋の甘露梅ならまっさきにおいらに差し入れがあってもよさそうなものだが、なんだい、独り立ちしたら除け者なのかい？」

「そうじゃないけど、常連さんにお渡しするのが先立つのは仕方ないことよ」

拗ねて見せる重三郎を横目に、おなつは、いま一度、通りを振り返った。

見返り柳が、冷たい風に吹かれて寂しそうに揺れている。

重三郎のため息が耳元にかかった。

「おなつ、いい加減に戻らないとお栄姉さんに叱られるよ」

「でも……」

おなつは、ふくよかな頰をさらに餅みたいに膨らませた。

「でも、わざわざ胡椒風味の甘露梅を送りたいとか、無理を承知でわたしたちを頼ってくれたこととか、伊作さんて、おきよさんにはとても大事な人だったんじゃないのかしら。どんなわけがあるのかは話してくれなかったけど、そんなに簡単に諦めてしまっていいとは思えないの」

「そのお節介は誰に似たのだろう」

廓内から漏れてくる仄《ほの》かな明かりのなかで、重三郎が穏やかに笑っている。その姿を見つめながら、このお節介は義兄に似たのだろうと、おなつは心のなかで思った。いつも吉原者のために動いている重三郎の――。

そして重三郎は「わかったよ」と嘆息してから、あることを告げた。

「ならばちょいと気になることがあるのだが。いましがたおきよさんに会って、ふと思い出したんだ」

「思い出した？　なにを？」

「おきよさんのことさ。三年前に湊屋に後妻に入るとき、あの人は、たしか伊作って名の息子さんを連れていなかっただろうかって。その伊作さんが、湊屋を出て、廓内のどこかにいるとして、しかも深い事情があって潜っているのなら、わざわざ本名で暮らしているとは思えないのだけどね」

重三郎の言葉に、おなつは、はっとさせられた。明かりに照らし出された重三郎の顔をまじまじと見つめる。

「おきよさんが甘露梅を贈ろうとした人は、息子さんで、しかも名を偽って暮らしているかもってこと?」

「そう。事情があっておきよさんから隠れたいのなら、あえてそうしているのかもしれないね。おいらの憶測だが」

「いえ、たぶん……そうなのかもしれない。だったら、伊作さんという名で捜しても見つからないはずだし、もし何度か名を変えているとしたら、兄さんが知らないのも頷ける。伊作さんは、どうしてそんなことを。廓のなかでなにをしているんだろう。おきよさんから隠れたいのはなぜだろう」

「おきよさんに顔向けできないことがあるのかもしれないね。廓内で、そんなしくじりを起こすとしたら、親の金を使って遊んでしまったか、豪遊したあげく金を払えていないとか、ひどい揉め事を起こしたとか」

指折り数えて、重三郎はやれやれと肩をすくめる。

「いずれも吉原にはよくある話だね。おいらもすべて憶えていられない。そういった廓内の揉め事に詳しい人なら、ほら、あそこにいるだろう」

「あっ」

おなつにも心当たりがあった。

吉原から、千束《せんぞく》通りを挟んで隣り合う田町二丁目。

頬を切る冷たい風に身をすくめ、襟巻をしめなおしてから、おなつは重三郎と肩を並べて、日本堤の土手通り沿いにある、馬屋《うまや》の伝吉《でんきち》という親分のもとへ急いでいた。

「ごめんください、伝吉親分」

表札もなにもない表店《おもてだな》にあがり込んだふたりは、

「おや、こいつぁ蔦重の旦那じゃねぇですか。それにおなっちゃん」

という酒焼けした濁声《だみごえ》に迎えられる。居間にある衝立《ついたて》の向こうから、五十くらいの、厳《いか》めしい顔つきで、巌《いわお》のごとき体軀をした男があらわれた。

「おふたりともお揃いで」

「夜分に申し訳ない、伝吉さん」

「とんでもねぇ、この界隈に、蔦重の旦那を拒むところなんてありゃしねぇよ。どういったご用向きで？　まさか勇助の野郎が粗相をしたんじゃありますめぇな」

「違う、違う。勇助はいまのところおらしく店番をやってくれています」

「そいつは安堵した。でも旦那、野郎が粗相をしたら、いつでもぶん殴りに行きますから言ってくださいよ」

物騒なことを言う伝吉に苦笑いを返してから、重三郎は、傍らのおなつに、こそっと耳打ちした。

「うちで店番をやっている勇助ってのは、昔ぐれていたとき、こちらの親分にこってり絞られたんだよ。それで立ち直った」

「そうだったの」

「あぁ、親分にぶん殴られるのは、もう懲り懲りだってさ」

おなつが肩をすくめているあいだにも、当の伝吉は、「さぁ、上がってくんな」と誘ってくる。おなつたちは勧められるまま居間に上がり込んだ。

衝立の向こうでは、伝吉がちょうど熱燗と干物で晩酌をしている最中だった。

「むさくるしい男所帯でお恥ずかしいが」

「いえいえ、どうぞ晩酌をおつづけになって」

「いずれ機会があれば、旦那とサシで飲んでみてぇものだ」

「おいらはいつでも付き合いますよ」

「ほんとうかい?」と、嬉しそうに身を乗り出した伝吉だが、重三郎の隣に控えているおなつのほうを見て、照れくさそうに頭をかいた。

「すまねぇ、おなっちゃん。おれときたらつい酒の話になっちまう。こんなだから女房にも逃げられちまうんだな。で、こんなところにわざわざ来たってことは、廓内で揉め事があったってことなんだろ？」

「その、揉め事は揉め事でも、昔の揉め事というか……」

おなつは前置きもそこそこに切り出した。

「二、三年くらい前、京町一丁目の藤野屋に上がった遊興客で、ひときわ大きな揉め事を起こした人がいませんでしたか？」

馬屋もまた、吉原に拠って成り立っている。廓内あるいは吉原界隈で金銭の揉め事があった場合、仲裁、制裁、取り立てを行うのが仕事だ。
二、三年前くらいならば、さほど遠い昔のことではない。もし大がかりな取り立てがあったとしたら、ひょっとして伝吉が覚えているのではないか。それが、おきよの頼み事と関わりがあるのではないか。おなつと重三郎は賭けてみたのだ。
すると伝吉は、「そういえば」と記憶をたぐりながらこたえてくれた。

「京町一丁目の藤野屋といえば、たしか二年とすこし前くれぇに、ずいぶんな額の揚代……つまりは遊んだ金を踏み倒されたって騒ぎがあったな。藤野屋の楼主は怒り狂って、おれに取り立てを頼んできた」

話を聞いて、重三郎は身を乗り出した。

「その取り立ては、伝吉さんが請け負ったってことですね？」

「あぁ、藤野屋とうちは昔から懇意だ。取り立てがあるときは、まず、おれのところに持ち掛けてくる」

「揚代を払わなかったのは、なんて名の人か覚えてますか？　取り立ては無事にすんだのか。その後どこでなにをしているのか？」

「やれやれ、いったいどうしたんだい矢継ぎ早に。捕り方の真似事ですかい？」

「お願いします、伝吉さん。もし知っていたら教えてください」

重三郎についでおなつも頭を下げると、伝吉は、「おなっちゃんに頼まれたらいやとは言えねぇや」と厳めしい顔をすこし緩ませた。

「二年とすこし前、藤野屋で揚代を踏み倒したのは、たしか伊作って男だ。山谷堀のでかい舟宿の跡取りだったはずだ。湊屋だったか。おれも出向いたから覚えているよ」

「やっぱり伊作さんというのは、おきよさんの息子さんだったんだ」

おなつと重三郎は頷き合ってから、伝吉のつぎの話に耳を傾ける。

「たしか伊作のやつは、藤野屋の白扇《しらおうぎ》っていう女にずいぶん入れあげて、通いに通いつめ、いずれは身請《みう》けをしたいなんて大口を叩いて、相手もその気になっちまったんだな。ところが連日通っているうちに伊作の持ち金は底をつき、揚代も工面できなくなった。そこで遊びをやめりゃいいんだが、その後も、白扇のもとへ揚代も払わないまま通いつづけた。白扇のほうも、身請けの話を真に受けていたのと、伊作が父親から金を借りられると信じていたんだろう。揚代をしばらく立替ていたらしいんだな。ところが蓋を開けてみれば、父親は跡取りが遊女に入れあげているなんて知らなかったから、事が明るみになったとき、激怒して一文たりとも出さなかった。藤野屋のほうがやっとおかしいってことに気づいたときには、白扇が立替ていた金は五十両あまりに膨らんでいたらしい。そこでおれは、藤野屋に頼まれて、伊作の実家である湊屋へ取り立てに行ったってわけだ」

「で、どうなったんです？」

「そうしたら、ものの見事に、湊屋は跡取りを勘当するときたもんだ。もう野郎とは縁もなく助ける義理もないから、金は出さないの一点張り。どうも伊作の野郎は、湊屋の主の実の子ではなく、後妻の連れ子だったらしい。縁を切るのも容易《たやす》かったんじゃねぇだろうか。養父に見限られた伊作のほうは、ほかに頼れる者もなく、だが借金はあるってんで、藤野屋の下足番をつとめて金を返すしか道がなくなった。下足番の稼ぎじゃ二年やそこらで返せる額じゃねぇはずだし、ほかに行く場所もないだろうから、まだ藤野屋に居座っていると思うがな」

藤野屋に「伊作」という男がいるはずだ、というのは、伝吉の話もおきよの話もおなじだ。

では、どうして伊作は見つからなかったのか。

「じゃあ、兄さんが言うとおり……」

おなつは考えていた。重三郎が推察していたとおり、伊作は、おきよに見つからないために、何度か名を変えているのではないだろうか。そしておそらく、藤野屋のほうも、面倒事を嫌ってか伊作の正体を隠している。

「おきよさんは、後妻という立場から、勘当された息子さんを、あまり気に掛けるわけにはいかなかったのかもしれないわね」

「なのに、なぜいまになって、おなつに甘露梅を届けさせることになるのだろう。甘露梅を届けて、伊作さんになにを伝えたかったのか」

おなつは、いま一度おきよに話を聞かねばならないと感じていた。

正月の三が日を無事に乗り切った、廓内、京町一丁目の藤野屋にて。

「久造《きゅうぞう》、昼見世が終わったらあとで内所においで」

藤野屋の下足番をつとめている久造は、昼見世の客がだいたい引けたあと、お内儀に内所に呼ばれていた。

おかげで午前中から憂鬱で、仕事に身が入らない。

このときも失敗ばかりで、周りの妓夫《ぎゆう》らにどやされつづけ、「すみません」と平身低頭しつつ、やっと午前中を切り抜けたのだ。三が日の商いは目の回るほどの忙しさであったし、久造は使用人のなかでも下っ端の下っ端なので、ここ数日のあいだ気の遣い通しだった。藤野屋でつとめはじめてからおよそ二年、相変わらず肩身が狭いのは、仕事になかなか慣れないことと、そもそも、ここで下足番をつとめることになった経緯が関わっている。

「あぁ……内所に行きたくないな」

午前の用事をすませ、一階の内所に向かう途中。二階の廊下で、遊女と居残り客とが肩寄せ合って歩いてくるのとすれ違う。通り過ぎる間際に久造は端に避けたのだが、そこへ客がわざと肩をぶつけてくる。その様子を見て、遊女も鼻で笑っていた。こうして久造だけが一方的に「邪魔だよ」と邪険にあしらわれてしまうのは、藤野屋での立場の弱さがあらわれている。

久造はどんなに冷たくされても、「あいすいません」と、ただ詫《わ》びるしかない。遊女と客を先に通したあと、かつては己も、もてなされる側だったことを思うと、情けなくも虚しくもなるが、「すべて己の浅はかさが招いたことだ」と、ため息をついた。

「お内儀、久造です。参りました」

憂鬱な気分のまま一階の内所を訪ねると、そこにはお内儀のほかに、初めて顔を合わせる十五、六歳の、餅みたいにふくよかで色白の頬をした、かわいらしい娘が座っていた。

餅みたいな肌艶をした娘——おなつは、久造が内所に入ってくると、

「はじめまして、五十間道蔦屋につとめております、なつと申します」

と名乗り出た。

対する久造は、あきらかに戸惑っている。

「蔦屋、あの引手茶屋の？」

「はい。お忙しいところ、突然押しかけてすみません。じつは、ある人から頼まれて、久造さんにお届け物にあがったんです」

「届け物？　いったいなにを……誰からですか？」

「詳しいお話はのちほど。まず、お届け物はこちらの甘露梅。お内儀さんからの許しはもらっていますので、いますぐ味わってみてもらえませんか。え？　あやしいって？　平気ですよ。これはうちで漬けたものですし、蔦屋の名にかけて味は請け負います。ただ、ほんとうは一昨日のうちにお届けにあがるはずだったのですが、久造さんがなかなか見つからず、遅くなってしまいました。長いこと持ち運んだので少し形が崩れているかも。ともかく味は間違いないはずなので、どうぞひと粒召し上がってください」

「甘露梅？　あの、甘露梅？」

「ご存じなら話は早いです。さぁどうぞ。もともと竹村伊勢につとめていたうちの菓子職人のお墨付ですから」

言って、おなつはひとつの包みを久造の前に差し出した。蜜に漬けた梅を小箱に入れ、銀紙で括《くく》ったものが、甘露梅の定番の包みだ。

それを見てから、久造は、藤野屋のお内儀に目配せをした。お内儀が「蔦屋さんの頼みだから特別だよ」と許してくれたのと、おなつの勢いに負けて、木箱から梅をひと粒摘まみ取ると、おそるおそる口に運んだ。

梅の端を噛み切ると、まずは鋭いほどの甘酸っぱさが口のなかに広がり、久造はおもわず顔をしかめる。

だが、梅を味わってしばらくしたのち、

「これは……」

小さくつぶやくと、残りの梅をまるまるひと粒、いっきに口にふくんだ。口のなかで梅の実を転がしながら、眉をひそめたり、目を見開いたり、そわそわと体を揺らしたり、忙しない。しばらくして、やがて種を吐き出すと、久造は、唐突にはらはらと涙をこぼしはじめた。

「これは……おっかさんの味じゃないか」

おなつは大きく頷き返す。

「わかりますか。甘露梅を漬けるとき、多くの店では種のところに山椒を仕込むのですが、これは代わりに胡椒を使っているんです。久造さんにとっては、懐かしい味ですよね。あなたの母親の実家で、昔々に、作っていた味ですものね」

「どうして、それを？」

「あなたは、おきよさんの息子さんなんですね、久造さん。いえ、伊作さん」

山谷堀の舟宿、湊屋の養子であり跡取りであった伊作は、二年と三月ほど前、吉原で揉め事を起こして勘当された。

京町一丁目藤野屋の花魁に入れあげたあげく、多額の揚代を滞らせていたのだ。そのため養父からは、「こんな男を跡取りにはできない」と見限られてしまった。自らが作った借金は、藤野屋で下働きをして、少しずつ返していくしかなくなった。

以来、伊作は何度か名を変え、細々と下足番をして過ごしてきたのだ。

名を変えたのは、湊屋という大店を切り盛りする立場になった、実の母に迷惑をかけたくなかったからだ。自分はもういないものとして、湊屋でつつがなく暮らしてほしかった。

勘当されてから二年と少し。

この日、久造こと伊作のもとへ届けられたのが、母親のおきよの実家でかつて作っていた、幼い頃伊作自身も食べたことがある、懐かしい味——胡椒を使った甘露梅だった。

そして、

「これは、おっかさんが拵えた甘露梅なんですか？」

涙を拭ったあと、久造こと伊作は、届け物をしてくれたおなつに向かって問いかけた。

　おなつはこたえる。

「この甘露梅は、一昨年、蔦屋で梅を漬けるときに、手伝いに来てくれたおきよさんが胡椒を使ってみたらどうかと言ってくださって、うちで取り入れたものなんです。二年越しにようやくできあがったんですよ」

「なるほど……おれが湊屋を出たあとに。そうでしたか。ですよね、湊屋では甘露梅作りはやっていないですし。それにしても……この菓子ができるまでに二年もかかるんですね。わたしは食べるばかりで、ちっとも知らなかった」

「そう、二年もかかるんです」

　おなつは身を乗り出して訴えた。

「二年はあっという間に思えて、じつは長い。こんな小さなお菓子ができあがるまでの年月を考えたらなおさら。あなたが出て行ったあと、おきよさんも、その長い時をずっと待っていたんじゃないでしょうか。いつかは、あなたが湊屋のご主人に許されて、帰ってくることを願って」

「………」

「おきよさんは、これを伊作さんに届けてほしいと頼んできたとき、自らの名は明かさないでほしいとおっしゃいました。きっと伊作さん自らがこの梅の味に気づいて、いまのご両親のもとに戻ってくる気があるならば、また湊屋に迎え入れよう。そんな意味が、こめられていたのではないでしょうか」

馬屋の伝吉のもとへ行った翌日、ふたたび湊屋を訪ねたおなつに、おきよは、伊作が息子だとやっと打ち明けてくれた。そして言ったのだ。

「ずっとずっと昔のことだけど、あたしの生家が山谷堀で料理屋をやっていて、夏になる前に店の者総出で甘露梅作りをしたんです。うちでは山椒ではなく胡椒を使っていたので、近所でも一風変わった味に漬かっていると評判だった。あたしが嫁いだあとも、息子を連れてよく漬け込みの手伝いに行っていたから、息子もその味を覚えたのでしょう。毎年味見を楽しみにしていた。でも、実家の両親と兄がつぎつぎと亡くなり、店は閉じることになってしまって、あたしたち親子もまた、胡椒の甘露梅から遠ざかってしまった」

やがて、おきよは夫とも死別し、女手ひとつで子育てしつつ、芸者として暮らすこと数年が経った。

甘露梅のことなど遠い過去の記憶だ。

およそ三年前に山谷堀の舟宿湊屋に後妻として入ったあとも、湊屋では甘露梅作りをしていなかったので、胡椒を使った梅を自ら作ることもなかった。

「でも、伊作は、あたしの実家の味付けを覚えているのではないか。あたしのことも忘れないでいてくれるのではないか。改心して、いまの主人に詫びを入れて、湊屋に帰ってきてくれるんじゃないか。そう思ったの。それに、きちんと詫びてくれさえすれば、主人だって赦《ゆる》すはず。だってあの人、このあいだ重三郎さんと会いに来てくれたとき、跡取りの話をしたでしょう。それで、伊作のこともきちんと考えてくれているんだって、よくわかったの」

二年をかけてゆっくり熟成する甘露梅と同じく、やはり、時間をかけてでもよいから、伊作に昔の心を取り戻してもらいたい。そして湊屋の主人の怒りも、すこしずつ和らげていってほしい。

それが、甘露梅に込めた、おきよのつよい思いだった。

おきよのことを話しながら、おきよの気持ちを想像しながら、おなつは、改めて伊作と向かい合った。

伊作にも、おきよの気持ちは伝わっていた。甘露梅が入った箱を胸にかき抱きながら、伊作は震える声を絞り出す。

「……おっかさん、おとっつぁん。こんなわたしのことを、まだ見限らずにいてくれるんですね」

ありがとう、と両親のことを思いながら、伊作はふたたび涙した。

この日、久造と名乗り藤野屋で下足番をしていた伊作は、いったん廓を出て山谷堀にある湊屋まで出向くことになった。門前払いを食らうのを覚悟で、義理の父と母親、そして店の者に詫びに行くつもりだという。

「遅すぎるくらいでした。考えてみれば、おとっつぁんは、わたしを勘当したあとも、母のことをずっと大事にしてくれていた。不肖の息子ともども、離縁したってよかったはずなのに。わたしのことも、改心することを辛抱強く待っていてくれたのでしょう。優しい人なんです。ずいぶん時間がかかってしまいましたが、素直に謝って、残った借金は必ず働いて返すと約束し、じっくり話し合おうと思います」

「良いお話ができることを、お祈りしています」

「はい、ありがとうございました、おなつさん」

名を偽ってつとめていた藤野屋に許しを得てから、伊作は二年ものあいだ己を閉じ込めていた大門をくぐっていく。

その先は三曲がりにくねる五十間道だ。

伊作は、狭間を抜けて、彼岸から此岸へと戻っていく。

この先、伊作は湊屋の主人と無事に和解できるのか、あるいは廓内に引き返してくるのか。どうなるかは天のみぞ知るのだろうが、おなつは「きっとうまくいく」と感じていた。

伊作が、大門をくぐってこちらに来ることは二度とないだろう、と。


藤野屋を辞し、自らも大門を出たおなつは、奇妙にくねった坂道をとぼとぼと歩いていた。そして四軒目左にある蔦屋の前にさしかかったとき、店の軒先に、重三郎が佇《たたず》んでいる姿を見つけた。

「兄さん、来ていたの」

「元日に来られなかったから、ちょいと叔父さんたちに新年のご挨拶にね。そういうおなつは、伊作さんと話はすんだのかい」

「ええ、伊作さんは、湊屋さんへ向かいました」

「そいつはよかった」

目を細めた重三郎は、「寒かろう」と言って、自らの襟巻をはずし、おなつの首に巻きなおしてくれた。人肌のぬくもりを閉じ込めた襟巻はひどくあたたかく、おなつの胸をいっぱいにする。

「正月から奔走した甲斐があったってものだな、おなつ」

「兄さんも手伝ってくれたから、そのおかげです」

「親と子が、また元通りに暮らせるといいな」

「うん……」

親と子——おなつが知らない、血の繋がり。

その繋がりが、互いにどんな感情を生むのだろうか。かけがえのないものなのか、あるいは倦《う》むべきものなのか。

だが、繋がりそのものを知らなければ、倦むことすらできない。血縁を知らないおなつは、己はどこか欠けているのだと幼い頃から感じてきた。

だからこそ、おなつは思う。この場に重三郎がいなかったら、自分はその欠けたものが恐ろしくて、泣き崩れていたかもしれないと。

重三郎と、そして蔦屋の人たちがいてくれたことの幸運を感じずにはいられなかった。

「兄さん」

「うん？」

「ありがとう」

「なにが」

「わたしをここで拾ってくれて」

「…………」

おなつの言葉に微笑でこたえた重三郎は、ふいに笑みを消し、青簾がおろされた蔦屋の軒先を指さした。

「そうだ、ここだ。やはり正月時だったか。『菓子処つた屋』の屋台を出しているこの場所に、綿入れにくるまれたおなつが寝かされていたんだ。見つけたときは、そりゃあ腰を抜かすほどに驚いたんだけど、同時にとんでもなく大事なものを拾ったと思えたんだ。お前は、寒空のなかじっと耐えていたのに、おいらが抱き上げてやると、急に火がついたみたいに泣き出して」

「そうだったの」

「あぁ、この子は、おいらが拾ったんだから、おいらが守らなけりゃいけないと思った。そういう気持ちであやしていたら、実際、お前は泣きやんでくれた。よく覚えているよ。で、その足で、すぐに先代の蔦屋次郎兵衛に直談判したんだ」

懐かしそうに、重三郎はしみじみと語をつづける。

「この赤ん坊を、どうか蔦屋で育てさせてほしいってね。おいらはどんな手伝いでもするからって。先代と喧嘩だってする覚悟だった。だが、先代はあっさりと受け容れてくれたんだ。吉原とは、すべての人が、この世の身分やしがらみ、血の繋がりからだって解放される場であらねばならない。そんな吉原に人々を誘う五十間道蔦屋の前に寝かされていたのなら、この子はうちの子に違いないと。だから、あのときから、誰がなんと言おうと、おなつと蔦屋の人間は、かけがえのない身内どうしなんだ」

胸がいっぱいになって、口を開いたら涙があふれそうで、おなつはなにも言うことができなかった。

ただ、己が重三郎と巡り会えた幸運を嚙みしめていた。

おなつと重三郎の視線の先に、三曲がりに奇妙にくねった彼岸と此岸の境界がある。ふたりが出会い、育ち、これからもおそらく生きていく場所。

おなつが涙を堪えながら立ちすくんでいるそばで、重三郎は、おなつと肩を寄り添わせ、しばらくそのままでいてくれた。

伊作に甘露梅を届けた、数日後のことだ。

朝方、おなつは、京町一丁目の大籬、大文字屋の三千歳花魁のもとへ向かっていた。

以前約束していた、干支のしんこ細工を届けるためだ。

大文字屋へ出向く前に、いったん藤野屋に立ち寄ってみた。ちょうどおもてに出ていた妓夫の話を聞くに、伊作はまだ帰っていないらしいとたしかめると、

「話し合いがうまくいっているのかもしれない」

と、すこし心軽やかになった。

まだ借金の始末など様々あるだろうが、伊作は近いうちに吉原を出ることができるのかもしれない。だが、いっぽうで、これからおなつが会いに行く花魁や禿たちは、年季があけるまでは決して廓内から出ることができないのだ。おなつがたずさえているしんこ細工は、そんな娘たちが、せめてひとときの楽しさとやすらぎをおぼえることができるよう、精一杯の心をこめて拵えたものだった。

京町一丁目、大籬の大文字屋にて。

起床した花魁たちが、昼見世の刻限までゆったり過ごす四つ半頃、おなつは内所に断りを入れてから、二階の三千歳の部屋へと上がった。

「すっかり間が空いてしまいすみません」

すこし遅くなったことを詫びつつ、おなつは、三千歳とふたりの禿に細工を手渡した。

「もっと早くにお届けにあがりたかったのですが」

しんこ細工は、それぞれ小箱におさめられていた。

ふたりの禿は、手渡された小箱の蓋を開け、中から、手のひら大の申《さる》の細工物が出てくるといっせいに歓声をあげる。

「わぁ、お申《さる》でありんす」

「かわいらしい」

白地の体に、顔の両脇についた丸いふたつの耳、小さな鼻先と短い尻尾。紅であしらった両目が、愛くるしい申《さる》の細工物だ。申《さる》は新年の干支であり、縁起物でもあった。禿たちが喜ぶ様子に胸をなでおろしてから、おなつは三千歳と向かい合う。三千歳は微笑ましそうに禿たちを見つめていたが、その手前に、もうひとつの小箱を差し出した。

「花魁にはこちらを」

「わっちにもなにかくださんすか」

「どうぞ、開けてみてください」

言われるがまま、三千歳が白い手で小箱の蓋をそっと開ける。

「おやまぁ」と三千歳が驚きの声をあげると、ふたりの禿もその手もとをのぞき込み、

「あぁ、それもかわいらしい」「わっちもそれが欲しい」と、かしましくはしゃぐのだ。

三千歳の小箱に入っていたのは、紅と白い生地とをあわせて練ることで桃色に仕上げた、猫をかたどったしんこ細工だった。干支の申《さる》を二匹作ったときのこと、あまった材料で拵えたものだ。膝の上に寝そべるような体勢で目を細めている猫は、三千歳が飼っている茶虎の猫によく似ていた。

しんこ細工の眠り猫を、三千歳は大事そうに手のひらに乗せ、まじまじと眺める。

「まぁまぁ、これは、うちのトラざますね」

「はい。以前お会いしたとき、花魁の膝に乗っている猫が、とても気持ちよさそうにしていたので。花魁ときっと相性がよいのだろうと、ぜひ差し上げたいと思って拵えてみました。まだまだ修業が足りなくてちょっといびつですけど、いつか、もっと上手に作れるよう精進します」

「いいえ」と、三千歳はかぶりを振った。

「この形も味がありんす。いまのままで、わっちらにとっては、どれだけ慰めになることか」

すこし目をうるませながらの、心からの、三千歳の声だった。

その言葉を聞いて、おなつの胸も締め付けられる。

どれほど美しく着飾っていても、どれだけ人々の羨望を浴びても、けっして彼岸から出られない娘たちが、自分のような未熟者が拵えた細工物を目に涙をためて喜んでくれる。

それが、嬉しくも、はかなかった。

複雑な心もちのおなつに、三千歳は言った。

この小さな、かわいらしい細工物を、もし客からお土産にと貰うことができたら、ほかの見世の妓たちもどれほど心あたたかくなるだろう、と。

三千歳のやわらかい声が耳に心地よい。同時に、おなつは、目が覚める思いだった。

「わたしの作る菓子が、少しでも、吉原の人たちの心を慰められるならば」

ぽつり、とおなつはつぶやいていた。

そうなれば、自分を生かしてくれた大切な人たちと、その場所に、恩返しができるのではないか。おなつの胸のうちに、ほのかな灯火《ともしび》が宿った瞬間だった。

二

五十間団子

五十間道は、彼岸と此岸の狭間だ。

日常を忘れて遊ぶ極楽浄土と、俗事にまみれた日常を送る現世。その双方を行き来する人たちを誘い、導くのが、五十間道の人々の役目である。

五十間道沿いに店を構える引手茶屋蔦屋もまた、この地に吉原遊郭ができて以来、廓に出入りする人々をもてなすことで、自らの暮らしを立ててきた。

これまでも、これからも、五十間道の人たちの営みは、吉原とともにある。


蔦屋にとある客が訪ねてきたのは、冬と春との狭間、春のぬくもりにはまだ遠い如月《きさらぎ》の、昼日中のことだ。

「五十間団子をひとつおくれよ」

おなつが「おや?」と目をみはったのは、声をかけてきたのが、見知らぬ少年だったからだ。

痩せぎすの子どもだった。十歳かすこし上くらいだろうか。顔は伏せぎみで背中は丸まり、小柄なわりには、細い両腕が異様に長く見えた。小袖からはみ出た腕は冷気に晒《さら》され、かすかに震えている。

「団子をひとつくれって」

痩せた少年は苛立たしげにもう一度言った。

我に返ったおなつは、「はい、ただいま」と慌てて返事をする。

子どもは、山谷堀がある日本堤からではなく、吉原遊郭の方からやってきた。廓につとめる小僧かなにかで、主人に頼まれて団子を求めに来たのかもしれない。

「おまちどおさま、五十間団子をひとつですね。お遣いものでしょうか?」

おなつに尋ねられた子どもは、ぶっきらぼうにこたえてから、お代と引き換えに、

「ちがわい」

おなつの手から団子の包みを受け取った。

そのとき、おなつは、ふたたび目をみはる。

お代と品物を引き換えるときに、少年の手に異変を感じたからだ。

――手のひらが火傷《やけど》だらけだわ。

ちらと垣間見えただけだったが、少年の両の手のひらは、赤くただれていて、ところどころひび割れていた。

おなつにじっと見つめられ、少年はますます深く顔を伏せてしまう。

「おいらが食うだけだい」

「……そう、ありがとう。この団子はね、吉原の老舗菓子屋、竹村伊勢に長くいた職人さんが拵えたものなんですよ。とっても美味しいんです」

「そんなこと、知っているよ」

やはり不愛想なまま、包みをふところにしまいこんだ子どもは、おなつに背を向けると、三曲がりにくねった道を大門のほうへ引き返していった。

「やっぱり廓内の子よね」

痩せっぽちな背中を見送りながら、「いったいどこのお店の子だろう」と、おなつはひとりつぶやく。

その客がやって来てから、二日後のことだ。

「近ごろ蔦屋で売り出しはじめた、五十間団子。あれは、老舗菓子屋、竹村伊勢にいた元職人が、料理帖の一部を盗み出して、それをもとに拵えたものらしい」

という、不名誉な噂が界隈に流れはじめたのは。

吉原大門から出て左四軒目にある二階建ての引手茶屋――蔦屋。

店の軒先からおろされた青簾のすぐ横には、ひとつの小さな屋台が出ていた。屋根には、『菓子処つた屋』と書かれた暖簾がぶらさがっている。

引手茶屋は、吉原へ通う上客が廓内にあがる前に、景気づけに遊んでいく場所だ。幇間や芸者衆を呼んで飲めや歌えやの宴会を開いたり、客のために妓楼と話をつけて遊女との逢瀬の橋渡しをしている。

蔦屋は、五十間道のなかでも古株の引手茶屋だ。昔からの贔屓《ひいき》筋も多い。

その軒先を借りて、おなつは屋台で菓子を売る商いをはじめたばかりだ。元々は、蔦屋のお座敷で供していた菓子だったが贔屓衆に評判となり、ならば、土産物として屋台でも売り出そうということになった。

蔦屋の居候であり女中見習いでもあるおなつが、店に立つことになったのだが。

「近ごろずうっと閑古鳥が鳴いているわね」

鈍色《にびいろ》の雲がたちこめる寒空のなか、屋台をまかされていたおなつは、足元に置いてある火鉢で手をあぶりながら吐息した。

おなつが屋台――『菓子処つた屋』を正月にはじめてから、まだ、ほんのひと月である。

はじめは物珍しさで立ち寄ってくれる客も多かったが、日ごとに客足は落ち着き、とうとうこの日はひとつも売れず、すっかり暇をかこっていた。

風はないがしんしんと冷え込み、いまにも雪がちらつきそうな空模様のなか。五十間道を行き来する人々も、皆うつむき加減で足早に通り過ぎていってしまうし、そもそもの客足が少なかった。

だが、菓子処つた屋に客が訪れないのは、たぶんそれだけが理由ではない。

「品物が、いまだ団子一品しかないせいもあるけど……」

それよりも、二日前から吉原界隈に流れはじめたという噂のせいではないかと、おなつは勘繰っていた。

「蔦屋で売りはじめた五十間団子は、老舗菓子屋、竹村伊勢の元職人が料理帖の一部を盗み出し、それを見て拵えたのだ」

そんな噂がにわかに広まりはじめたことを知ったのは、昨日、廓内にお遣いに出向いたときのことだ。用事で訪ねた半籬の楼主に引き留められ、世間話をするうちに、噂が出回っていることを聞いた。

なにゆえ、誰が、どうしてそんな噂を流したというのだろうか。思いもよらぬ話におなつは混乱したが、とっさに「それは違います」と弁解をした。

だが、楼主が真に受けてくれたかどうか。

楼主はうすら笑いを浮かべながら、

「でも、蔦屋さんところで雇っている菓子職人は、もともと竹村伊勢にいた人だろう？」

などと言うのである。

おなつは、面食らいながらこたえた。

「たしかにうちの捨作さんは、以前、竹村伊勢にいましたけど。だからといって、料理帖を盗んで、作り方を真似しているとおっしゃるんですか」

「あたしが言ったんじゃないさ。そういう話を耳にしたってだけ。むきになりなさんな」

「むきにもなりますよ。捨作さんにかぎってそんなことをするわけがない。とんだ言いがかりです」

「ただの噂話だろう」

「ですから、誰からそんな噂をお聞きになったんです？」

楼主が言うとおり、おなつは、むきになっていた。

すると相手はすっかりしらけた態度になり、「さてね、昨日の客の誰かがそんなことを言っていたってだけだよ」と、用事を終えたおなつを追っ払おうとする。

おなつもそれ以上は問い詰めることができず、店をあとにするしかなかった。

そんな話を聞いた翌日、とうとう蔦屋名物五十間団子がひとつも売れることがなくなったので、これが件《くだん》の噂のせいではないかと、気がかりになってしまうのだった。


「しばらく屋台で団子を売るのはやめだよ」

おなつは、蔦屋のおかみであるお栄に、唐突に言い渡された。

五十間団子がひとつも売れなくなって、あくる日のことである。

蔦屋の玄関奥にある内所――主人夫婦の前で正座をしたおなつは、しばらく返事ができなかった。

「おかみさん、なにをおっしゃっているんです？」

やっとのことで口にしたおなつに、お栄は鋭く返してくる。

「言った通りだ。わたしがいいと許すまで、しばらく屋台で団子を売ってはいけないよ。『菓子処つた屋』の暖簾もしまっておきな」

すぐには飲み込めないおなつは、お栄の隣に黙って座している、蔦屋主人の次郎兵衛に目を向けた。だが、次郎兵衛は申し訳なさそうに頭をかくばかりで、助け舟は出してくれなかった。

黙り込んだおなつを前に、お栄は、手にしていた煙管を口元に寄せ一服する。紫煙をいきおいよく吐き出すのは、苛立っているときの癖だ。そんな心の内を隠さずに、お栄はさらにつづけた。

「捨作さんにも、さっき伝えておいた。今まで通り、座敷で出す飾り菓子や、お茶請けの甘味だけは拵えてもらうが、土産ものはしばらく作らないでいいってね。なんだい、その不満そうな顔は。おなつだって菓子を売るほかにやることは山ほどあるだろう。掃除に洗濯、お遣い、捨作さんや板前たちの手伝い。とにかく、あたしがいいと言うまでは、店の手伝いに専念してもらうからね」

「……捨作さんはなんと言っているんでしょうか」

「承服してくれたよ」

「おかみさんは、それでいいんですか？」

「なんだって？」

お栄にじろりと睨まれたが、おなつはひるまず目を見返した。

お栄とおなつ、店の主人と使用人という立場ながら、ときには、やや年の離れた姉妹みたいに言い争うこともある。蔦屋の主人夫婦とおなつは、それだけ近しい間柄とも言えた。

「いま五十間団子を売るのをやめたら、捨作さんが、竹村伊勢の料理帖を盗んで、菓子の作り方を真似してるってことを、認めることになりませんか。捨作さんがそんなことをする人じゃないって、あの人を連れてきたおかみさんが一番よくわかっているんじゃないですか。ほんとうは、屋台を閉めたくなんてないんですよね」

「……あんたも、あの噂を知っているんだね」

「あの噂」とは、五十間団子は、捨作が竹村伊勢から作り方を盗んだものらしい、という、近ごろ吉原界隈に広まりつつある話だ。

おなつは頷きながらこたえる。

「このあいだ、お遣いに立ち寄った見世で聞きました」

「だったらわかるだろう、口惜しいが料簡《りょうけん》しな」

「どうしてです？　根も葉もない噂ですよ」

「たしかにね。誰が、どうしてそんな噂を立てたのか。さっぱりわからないが、あんたが言うとおり、捨作さんは料理帖や作り方を盗むような人じゃないだろう。だが、はっきり違うと証立《あかしだ》てられるまで、菓子処は休みにしたほうがいい。捨作さんも、それがわかっていて承知してくれたのだろうからね」

「でも……」

「まだ納得いかないって顔だ。だったら本音を言うけど、吉原一の老舗菓子屋、竹村伊勢を相手に、ただの噂がもとで喧嘩なんてしたくはないんだよ。ただでさえ、あちらは代替わりしたばかりで、いまだに店が落ち着いていないんだ。しかも、代替わりをしてから急に菓子の味が落ちたとか、職人どうし仲が悪いとか、見習いの若い子が苛められているとか、やはり噂を流されていると聞くよ。そんななか、菓子処としては新参である蔦屋が、はっきり証もない噂のことで文句をつきつけでもしたら、それこそ大事になるだろう」

「菓子の味が落ちたっていうのは、噂なんかじゃなくて、実際に食べてみたらわかるじゃありませんか」

「おなつ、そんなことを言ってるんじゃないよ」

やはり納得ができないとばかりに食いつくおなつに、お栄はますます苛立たしげに、煙草の紫煙を吹きかけた。

「あんたは、自分が焦っているんだろう。蔦屋のため、捨作さんのためじゃない、自分が菓子処をやりたい。そればっかりで、いてもたってもいられないんだ」

「……」

おなつは言葉もなかった。お栄の言うとおりだと思った。

正月から屋台をはじめて、まだひと月も経っていない。だが、蔦屋の女中働きだけではなく、手に職をつけたい。菓子処の屋台をやりながら、いつか自ら拵えた菓子を並べ、口にした人たちに喜んでもらいたい。吉原の人たちの役に立ちたい。そんな気持ちばかりがはやっていた。

蔦屋の軒先で菓子を売ることは、夢の小さな一歩だ。それが、ひと月も経たぬうちに頓挫することはひどく口惜しかった。

だが、それはおなつの都合だ。

蔦屋が竹村伊勢と争うことは、吉原で生きていく者どうし、避けたほうがよいに決まっている。

根も葉もない噂ですんでいるいまだからこそ、これ以上の波風をたてないうちに、はっきりしたことがわかるまで我慢するしかないのだ。

おなつは、唇を嚙みしめた。

そんな様子を見て、お栄は、手にしていた煙管の灰を煙草盆に落としながら言う。

口調はすこしやわらかくなっていた。

「わかったら、さっさと板場に戻って、みんなを手伝いな。今日は夕刻から大きなお座敷があるからね、のんびりと落ち込んでいる暇もないよ」

「……はい、わかりました」

お栄たちの立場もわかるからこそ、口惜しさをいったん飲み込んで、おなつは素直に返事をした。


菓子処休業を申し渡されたおなつだが、気落ちしている暇はほとんどなかった。

五十間道の老舗引手茶屋蔦屋では、この日の暮れ六つ、二階の座敷を貸し切っての大宴会が開かれることになっていたからだ。

お座敷を依頼してきたのは、先年まで蔦屋に居候していた、蔦屋の主人次郎兵衛の甥――吉原仲ノ町で耕書堂という地本問屋を営む重三郎だった。

「兄さん、お栄姉さん、無沙汰をしておりました。本日はよろしくお願いします」

約束の刻限になり蔦屋に顔を出したのは、濃い藍色の小袖に漆黒の長羽織をはおった、いかにも洒落者の若旦那といった格好の重三郎だ。黒地の羽織は、色白な重三郎の男ぶりをいっとう映えさせるので、彼のことをよく見知っている蔦屋の人間でも、感嘆のまなざしを向けざるを得ない。

おなつもまた、先ほどまでの気鬱はいったん忘れ、重三郎の姿に見入ってしまった。

「やぁよく来てくれたね、重三郎。元気そうだ」

「おかげさまで」

蔦屋の主人である次郎兵衛は、自慢の甥っ子をにこやかに出迎え、普段口うるさいお栄でさえも「ほんとうにまぁいい男ぶりだ」とご満悦だ。

お栄は、重三郎から手付金が入っているらしい巾着を受け取ると、ますます愛想をよくして言ったものだ。

「あのごく潰しの……いや自由奔放の重さんが、立派なお座敷をあつらえるまでになるなんて、感慨深いものだねぇ」

「姉さん、ごく潰しとは手厳しい」

「もちろん、いまは違うともさ。それにしても耕書堂はずいぶん繁盛しているそうで、蔦屋の人間としても鼻が高い。今宵は心ゆくまで遊んでいっておくれ」

「恐れ入ります。では、さっそくですがひとつお願いが」

「なんなりと」

「じつは、酒を飲む前に客人たちと話し合いをしたいので、酒や肴を運んでくるのは、一刻くらい経ってからにしてほしいのです。会合のあいだはそっとしておいてもらえますか」

「重さんがおっしゃるならそうしましょう」

「ついでに、客人の素性も聞きっこなしですよ」

吉原に通ってくる上客のなかには、あえて身分を明かさない大物がときどき紛れ込んでいる。引手茶屋は、廓遊びの橋渡しをする場であるのと同時に、大物や著名人の社交場の役目も果たす。

次郎兵衛やお栄も、生粋の吉原者だ。そのあたりのことは当然心得ているし、深く詮索したりはしない。

おなつはじめ、ほかの女中や下男たちも、客からのそんな要望は慣れたものだった。だが、このときおなつが驚いてしまったのは、重三郎からすこし遅れて、ぞろぞろとやってきた客を迎えるときに、見知った顔を見つけたからだ。

「喜三二さん？」

重三郎がお座敷に招いた客は総勢五名。

そのなかのひとりに、見慣れた顔が紛れ込んでいた。いや、見慣れているのは顔だけ、いつもは崩れた着物に女ものの羽織をまとっている奇妙な男が、このときは皺ひとつない羽織袴に二本差し姿であらわれたので度肝を抜かれてしまった。

そう、それは、重三郎の古い馴染みで、蔦屋にもよく立ち寄ってくれる、剽軽者《ひょうきんもの》の喜三二だった。だがいまは、目を疑うほどに雰囲気が違った。いつもの様子とは異なり、ことさら厳しい表情をしている。草履《ぞうり》を脱いで颯爽と店にあがってくる所作も、二本差しを女中に預ける姿も様になっており、武家の人間であることに疑いはなかった。

——顔はそっくりだが別人なのではないか。

そんなことを思いながら、武家然とした姿を目で追っていると、神妙な顔をしていた喜三二が、おなつに目配せしてきた。瞬間、ちらりと剽軽な笑みをみせてくれたので、ようやく、よく知る喜三二本人だと得心した。

「喜三二さんて、いったい何者かしら」

好奇心がむくむくと湧き上がってはきたが、重三郎からも、

「客の素性は詮索しないこと」

と念を押されていたので、いまは関心を押し込めるしかない。

重三郎と五名の客が二階の座敷に上がって、じき一刻になる。二階は不思議なほど静かだった。

いったいどんな話し合いが行われているのか、店の者みなが気になっていたが、間もなくはじまるであろう酒宴の準備を粛々と進めている。

ほどなくして、ようやく秘密の会合が終わったのか、

「お願いします」

と、上から手を打つ音と一緒に、重三郎の声が降ってきた。

階段の下で、重三郎の声を聞き漏らすまいと、じっと待ち構えていたのは、おなつだ。

「はい、ただいま！」

呼びかけに応じ、おなつは慌ててこたえた。

自分の声は、二階の重三郎に届いただろうか。そんなことを気にしながらも、板場に駆け込み、待機していた板前たちに「お願いします」と声をかけ、つづけざまに女中部屋に立ち寄った。

「皆さん、お銚子やお料理を二階へお願いします」

「あいよ」

おなつの掛け声をいまかと待っていた女中たちが、いっせいにこたえてくれた。

つぎにおなつは、一階の小部屋に待機してもらっていた芸者衆や幇間のもとへ挨拶

に行く。

「お待たせしました。それではお二階へ」

おなつが先導して、芸者衆を連れて二階へ上がる。

階段を上がりきったおなつが座敷の襖を開けはなつと、つづいて三味線を抱えた芸者衆や、着物を尻端折《しりつぱしよ》りした幇間がなだれ込んでいく。

静寂に満ちていた座敷は、たちまち喧騒に包まれた。

三味線がつま弾かれ、それにあわせて幇間たちが踊り狂う。おもては雪が降ってきそうな冷え込みなのに、座敷には熱気が渦巻きはじめた。

三味線や太鼓の音に誘われるように、間もなく、女中たちが大皿や銚子をつぎつぎと部屋に運び込む。大皿には、板前たちがさばいた江戸前の魚の刺身や、彩あざやかな野菜の煮物、くわえて捨作が拵えた飾り菓子などが所せましと盛られていて、高級酒を注いだ銚子がずらりと並べられた。

「さぁ、皆さま、どうぞやっておくんなさい」

重三郎が促すと、それまで神妙な面持ちだった五人の客たちが、いっせいに表情を緩め、各々の手前に置かれた盃を手に取った。

全員に盃が行き渡ったのを確かめたあと、客のなかで最も年嵩《としかさ》に見えるひとりが音頭を取った。

「さて、皆皆さま、あらためてご挨拶を。年明け早々、我ら『文人会』が長らく構想をあたためてきた、『青楼美人合姿鏡《せいろうびじんあわせすがたかがみ》』そして『烟花清談《えんかせいだん》』が刊行できたこと、まことにめでたいことだ。おかげさまで評判は上々とのこと、ここにいる各々の才能が寄せ集まり、豪華で読み応えのあるものになったことは間違いない」

お座敷に並んだ面々は、一様に満足そうに頷いている。ちらほらと拍手をする者もいた。

年嵩の男はつづける。

「我ら文人論客なんてものは、日頃は好き勝手やって、我儘で、他人の言うことなんかお構いなしだ。だが、そんな我々がこうして力を合わせることができたのは、ほかでもない、ここにいる蔦屋重三郎のおかげだろう。彼がまとめ役になってくれなければ、こうして素晴らしい刊行物が世に生まれることはなかった」

そうだ、そうだ、と周りから声があがった。

一同の末端に座していた重三郎は、集った男たちにもてはやされ、気恥ずかしそうに頭をかいている。

「これからも、さらに来年に向けて、今宵話し合った新たな構想をあたためていこうじゃないか。そして、皆が喜んでくれる本を世に出そう。いまはまず英気を養うこととして。蔦重に乾杯」

「蔦屋重三郎に」

「蔦重に、乾杯」

音頭のあと、客たちが一杯目をいっきに飲み干していく。

おなつたち女中は、客全員の盃に二杯目を注いで回った。それもたちまち空になり、女中仲間が階下へ下りてつぎの酒を手配する。そのあいだにも、客たちは酒の勢いのまま、料理に舌鼓を打ち、威勢よく話し合い、場はさらに熱を帯びる。まわりでは三味線の音色が響き渡り、ますます華やぎを増していった。

先刻までは神妙な顔をしていたはずの喜三二もまた、杯を幾度か重ねると、いつもの剽軽者の喜三二に立ち返り、羽織を脱ぎ捨て、幇間たちと踊りはじめた。

「いいぞ、待ってました、平角《へいかく》さん」

「もっと手先までしなやかに」

「踊れ、踊れ」

「平角」というのは、仲間内での喜三二の呼び名だろうか。本名からもじっているのかもしれない。そんな喜三二のまわりでは、仲間たちが愉快げに囃し立てている。なかには、我もつづけと踊りに加わる者もいた。

その様子を眺めながら、おなつはふと、宴の主催である重三郎が、踊りの輪のなかにいないことに気づいた。

まさか帰ってしまったのかと座敷を見渡すと、当の重三郎は、いつの間にか宴の中心から抜けていて、部屋の隅の壁にもたれて煙草を吸っていた。煙管の重ささえも億劫そうにしながら、緩慢な動きで紫煙を吐き出し、客人たちの騒ぎを眺めている。

「兄さん」

客人たちにひととおり追加の酒を注いだところで、おなつは、ぐったりと壁にもたれかかっている重三郎に声をかけた。

「お疲れですか、お酒も飲まないなんて珍しい。まずはお茶でもお持ちしましょうか」

「あぁ、おなつ」

喧騒のなか、重三郎は煙管から口を離し、ゆっくりと顔をあげた。

正面からよくよくのぞき込むと、重三郎の目の下がかるく落ちくぼんで見えた。問わずとも、疲れ気味なのがよくわかった。

「兄さん、あまり寝ていないみたい」

「そうだね。ここに集った才能と個性の塊たちを、どうやってまとめるか。いかにやる気にさせるか。昨晩は寝ずに考えていた」

「今日集った皆さま、きっと有名な方たちなんですね」

おなつは、ちらと宴の喧騒に目を向けた。客人たちは、喜三二を中心として、輪になって飲んで歌って踊っての大騒ぎをしている。いずれも重三郎より年上に見えるが、純真に酒の席を楽しみ、いきいきと語り合うさまは、まるで少年のようだった。

重三郎は、男たちを眩しげに眺めている。

「彼らは、絵師に、戯作者に、狂歌師……江戸にはなくてはならぬ、名だたる文人論客だ。おいらが読みたくて、見たくて、触れたくてたまらない、美しく、はたまた滑稽で、ときには胸に突き刺さる芸術を生み出す人たちだ」

「そんな人たちを兄さんがまとめて、本を作っているんですね。すごいな」

「すごいのは彼らだ。おいらには、無からなにかを生み出す力はないからね。せめて、あの人たちの才能を、吉原から世に送り出すための、土台を築いておきたい。そうすることで、江戸中の人たちに、吉原の良さや気概を知ってもらいたい。それが吉原を守ることにもつながる」

重三郎がなぜ地本問屋をやりつつ、本作りをも時折手がけるのか。原点を垣間見た気がして、おなつも胸が熱くなった。

「土台作りだって、立派なもの作りでしょう。いずれにしても寝ていないなら、いまはお酒よりは、お茶にしたほうがよさそうですね」

「あぁ、すまないな、そうしてもらおうか。ついでに頼み事だが、お客にそれぞれ五十間団子のお土産をひと包みずつ用意してもらえないだろうか」

「お団子を？」

「……いまからじゃ土産ものは間に合わないかい？」

しまったな、前もって頼んでおけばよかったか。と、いまこのときまで、客人に持たせるお土産にまで頭がまわらなかったらしい重三郎は、困った様子で頭をかいていた。

そんな重三郎に、おなつは慌ててこたえる。

「いいえ、そうじゃないんです。お客様五人前くらいなら、きっと捨作さんが用意してくれるとは思うのですけど」

おなつは、ためらいながら言った。

「でも、うちの五十間団子をお客人に持たせて……大丈夫なんでしょうか？」

「大丈夫ってどういうことだい？」

聞き捨てならないとばかりに、壁によりかかっていた重三郎は体をもたげた。

「なにかあったのかい？」

「………」

重三郎に真正面から見つめ返され、おなつは気恥ずかしさもありながら、目を逸らすことができなかった。これまでも、悩みがあると、いの一番に、重三郎に相談を持ち掛けていたおなつだ。重三郎が疲れているのを承知で、話を聞いてほしいとも思ってしまった。

——でも、いまは。

おなつは迷った。つい先ほどまで、地本問屋の主として、商売にかかわる人たちと真剣な話し合いをしていたのだ。忙しい重三郎を、己の些末事でわずらわせたくなかった。

そんな、おなつの気持ちを見抜いたのか、重三郎はかるく笑みを浮かべる。

「遠慮はいらないから、話しちゃくれないか。身内が困っているのをほうっておいちゃ、蔦重の名がすたる。言っただろう、この家を出たとしても、おいらは蔦屋の人間だと」

重三郎は普段からこうなのだ。吉原のことや己の商売のつぎに、いや、あるいは同等に身内のことを気にかけてくれる。

おなつがこたえられずにいるうちにも、重三郎のほうが先に「あっ」となにかに気づいた。

「もしかしてあれか。いま吉原に出回っている噂のことかい？　元竹村伊勢の職人だった捨作さんが、店をやめるときに、あの店の料理帖の一部を持ち逃げしたんだって。蔦屋で売り出している五十間団子も、その料理帖に載っていたんだって、あの噂……」

「知っていたんですね」

さすがは、情報通の重三郎というところだろうか。もっとも、このくらいの耳聡《みみざと》さがなければ、吉原に店を構えることなどできないのかもしれない。

おなつが驚いていると、当の重三郎は「そうか」と唸った。

「それなら、おいらもちょいと調べようとしていたところだ。身内の悪い噂は、聞き捨てならないからね」

「その噂が流れてから、団子がひとつも売れなくなってしまって。おかみさんからも、菓子処もしばらく休みにしたほうがいいと言われました」

「そうだったのか、かわいそうに」

一拍の間を置いたあと、重三郎が手を伸ばしてきて、おなつの頭を撫《な》でてくれた。重三郎だって疲れているのに申し訳ないと思いつつも、おなつは、その手の温かさに安堵していた。

「仕方ないのは、わかっているんです」

「姉さんも、よくよく考えてのことだろう」

「ええ、この先ずっと店じまいをするわけじゃないんです。噂がなくなるまで、すこし休むだけだって。おかみさんは、はっきりしないうちは、竹村伊勢と揉め事を起こしたくないってお考えなんです」

「狭い世間だ。吉原者どうし揉め事を起こすとあとに引くからね。姉さんの考えは、ある意味正しい。だけど、このまま黙っているのも癪《しゃく》というものじゃないか」

妙な噂が出ているいまだからこそ、あえて蔦屋の土産物として、客人に五十間団子を持たせる。そうすることで、

「自分たちには後ろめたいことはないのだ」

と、示すこともできる。

できるだけ諍《いさか》いを避けつつことの鎮静を待つのか。あえて、強気で押し切るのか。どちらがよいのか、悩ましいところではある。

団子を拵えてきた当人、捨作はどう思っているのだろうか。

「土産を頼むついでに、捨作さんとも話をしてみようか。そうすれば、おのずと噂の真相もわかるのじゃないか。もちろん、おいらは捨作さんを信じちゃいるがね」

それは、おなつも、重三郎と同様だった。

ただ本人の口からはっきり「噂は嘘だ」と聞くまでは、やはり一抹の不安は残る。かすかな不安を抱え、ふたりは板場へ急いだ。

板場には、すでに捨作の姿はなかった。この日の座敷には飾り菓子を出すだけだったし、売り出す土産物もないので、料理人たちが控える離れに引っ込んだという。おなつが離れに捨作を呼びに行くと、間もなくして、捨作は板場に立つための身なりを整えてやってきた。

「土産物をご所望とのことでしたか、重三郎さん」

「うん、休んでいたところ悪いね」

「とんでもない。ちょうど今日はやることもすくなかったので、腕が鈍らずにすみます」

こたえる捨作は、小柄だが背筋がしゃんと伸びていて、浅黒い肌に真っ白な作務衣が板についていた。後ろめたいところなどないといった、堂々たるものだった。

おなつたちの不安をよそに、落ち着いた声で、捨作は重三郎にたしかめる。

「二階のお座敷の客人に、それぞれ五十間団子をご用意すればよろしいでしょうか」

「五人分だ。いまから頼めるかい」

「もちろんです」

捨作は迷いなくこたえた。

「五十間団子について妙な噂が立っているが、いいのか」

などとは聞かない。それこそが潔白の証とも言えた。竹村伊勢の料理帖を盗んで、そのまま真似をして菓子を作るなど、捨作にかぎってあり得ない。本人の様子を見て、おなつと重三郎はあらためて胸をなでおろしていた。出所がわからない噂話などより、捨作のほうがよほど信頼に足りる。

その捨作は、なおも淡々と言葉をつづけた。

「お客人のご出立はどのくらいあとでしょうか?」

「あと一刻というところかな」

「ならば、急がなけりゃなりません。おなっちゃん」

「はい!」

呼ばれて、おなつは飛び上がった。

「座敷の接待で疲れているところ悪いが、団子の下拵えを手伝ってもらえるかい」

おもわず腕まくりをして、「はい！」ともう一度返事をしてから、おなつは、隣に立つ重三郎と目配せをした。

重三郎は、にこやかに笑い返してくれる。

「というわけだ。頼んだよ、おなつ」

「まかせてください」

おなつは大きく頷いていた。先刻までの心の靄《もや》が晴れていくのも感じていた。

そうだ、後ろめたいことなどないのだから、堂々と手伝えばいいのだ。真摯につとめていれば、いずれは悪い噂など消えると信じたかった。

おなつが応じると、まっさらな前掛けをぴしりと締め直した捨作が指示を出しはじめる。

「まずは上新粉を水で溶いて、こねるところまでやっておいてくれ。おれは、餡を拵えておく」

「はい、すぐに」

捨作に促され、板場へ駆け込んでいくおなつを、重三郎は微笑ましそうに眺めていた。

お座敷客への土産物として五十間団子を拵えてから、二日が経った。

重三郎懇意の人たちへときどき土産物として用意するほかは、相変わらず、『菓子処つた屋』の暖簾を掲げることは許されず、妙な噂も消えることはなかった。

ある日、蔦屋の座敷にあがった客のひとりが、酔っぱらった勢いで、

「蔦屋さん、廓内の竹村伊勢と競い合っているんだって？」

と尋ねてきた。

その酔客の相手をしていた女中が返答に困っていたので、おなつが横から助け舟を出す。

「まさか、菓子処の老舗、竹村伊勢のお株を奪うことなんて、するはずがありませんよ」

「でも、いま蔦屋にいる菓子職人は、もともと竹村伊勢の職人だったたっていうじゃないか」

「それはおっしゃるとおりですけど」

「あ、もしかして、あれだろ。あんたのところの菓子職人、元居た店を追い出されたのが癪で、料理帖を盗んで、竹村伊勢に嫌がらせをしてやろうっていうんじゃない

か？」

「滅相もございません」

こうした質問責めが度々起こるので、おかみであるお栄も怒り心頭だ。

「まったく、こっちは竹村伊勢さんに遠慮して、菓子処の暖簾を下げているってのに、どうして妙な噂が消えないんだろうかね。いまだ誰かが焚きつけているんだろうか」

噂を焚きつけているとして、誰が、なんのために、そんなことをするのだろうか。


捨作が蔦屋にやってきたのは、三年近く前のことである。

以前、住み込みでつとめていた竹村伊勢は、廓内江戸町にある老舗菓子屋だ。「巻き煎餅」や「最中の月」といった菓子が有名で、一大観光地である吉原の定番土産となっていた。

そこで菓子職人一筋、三十年以上つとめあげた捨作は、ある日、急に店をやめた。

そこへ蔦屋の主人夫婦が声をかけて呼び寄せた。

もっとも、より熱心だったのは、次郎兵衛の女房である、お栄のほうだったともいう。

数ある引手茶屋のなかには、料理は仕出しを、土産物もほかの店に頼むところも多いが、お栄は、なるべく自分たちで賄《まかな》いたいという方針だった。

「自分のところですべて用意できれば、売り上げもより多くなるだろう」

さすがは商売気のつよいお栄の考えだった。

とにかく、竹村伊勢をやめた捨作は、拾われた蔦屋ですぐに本領発揮することになる。老職人といえど、まだまだ腕は衰えていなかった。座敷で出したお茶請け用の甘味はもちろん、鶴亀、季節の花々をかたどった見映えする飾り菓子は、常連客にたちまち評判となり、ついに土産物として売り出すまでになった。

そんな矢先に、あの噂が立った。

「五十間団子は、捨作が竹村伊勢から料理帖を盗み、それをもとに拵えているらしい」

という噂だ。

おなつは『菓子処つた屋』で、最後に団子を売ったのはいつだろうと考えていた。ほんの四日前だったはずだが、すでに、何十日も前の気もする。

お座敷の準備をひととおり終えた夕刻前、おなつは板場の奥をのぞき込んだ。

ほかの職人たちとともに板場に向かう、捨作の瘦せた背中が見える。

めっきり菓子作りをする機会が減ったので、いまは、ほかの板前の手伝いをしていることが多い。食材を刻んだり、小豆を焚いたり、竈の火加減を見たり、要望があればお座敷に出す甘味を拵えることもあるが、細々としたものだ。

ひととおり手伝いや下拵えが終わってしまうと、あとは手持無沙汰になってしまう。代わりに、空いた時間は、おなつの菓子作りを見てくれるようになった。五十間団子が売れないのなら、そのあいだに、菓子作りの修業をしてしまおうということになったのだ。

こればかりは、おなつにとってありがたいことだった。

この日もまた、捨作に見てもらうために、板場の隅を借りて菓子を試作することになった。

試作がすぐに売り物になるとは思っていない。ただ、足掛かりが欲しい。菓子処を出すことは許されたが、おなつは、まだ自身で拵えた菓子を出せないでいる。

いつかは捨作から認められ、手ずからの菓子を出したい。

蔦屋での居候の身で、屋台で貸本や小売をやりながら、ついに店を構えた義理の兄、重三郎のように。

そんな思いもあり、おなつは試作作りに没頭した。

この日、試してみたのは、甘藷《かんしょ》を使った干菓子だ。

昨年のうちに、知り合いから大量にもらったサツマイモがあったので、食べきれなかったそれらをすりつぶし、水にさらして沈殿させてから脱水、乾燥させて粉にした。それを菓子作りに用いる。

甘藷粉を水で溶き、火にかけ、薄い葛湯《くずゆ》状に炊く。それが冷めてから甘藷粉をさらに加え、こねていってから打ち延ばす。延ばしたものをひと口大に切り、鉄鍋の上で焼き目をつけていく。

「甘藷煎餅です」

おなつの試作を黙って見届けた捨作は、できあがった菓子を差し出され、やはり黙々と味見をした。食べ終えてしばらくしてから、やっと口を開く。

「ふむ、サツマイモの甘みが口に広がって、味は悪くない。悪くないが、おなっちゃん……こいつは」

捨作は、甘藷煎餅をひと口食べただけだった。あとは盆の上に戻し、出来上がった試作品をあらためて眺めてから渋い顔になった。

「竹村伊勢で出している、最中の月によく似ている気がするが？」

「やっぱりそう感じますか」

おなつは恥じ入って、両手で頬をおさえた。餅みたいにふくよかな頬は赤らみ、いまや桜餅みたいな塩梅になっている。

「わたしもそう思わないでもなかったのですが」

「どうしてこれを作ろうと？」

「まずは……昨年のうちに、たくさん貰った芋を長持ちさせたくて、芋を乾燥させて粉にしておきました。これならいつでも使えるでしょう。芋は風味がそのまま甘味になるので、それを活かしたくて、芋のお菓子を考えたんです。ただの焼き芋では芸がないから、団子にするのも考えたんですけど、それじゃ見た目が五十間団子と変わらない。ではほかに形づくろうとしても、練るときの粘りがつよすぎて、けっきょく薄く延ばして焼くことしかできなくて」

「で、仕上がってみれば、最中の月に似ていたと」

捨作は、先ほど食べ残した甘藷煎餅を手に取ると、もうひと欠片だけ口にほうりこんだ。

「うん、味はいいんだ。芋の甘味が引き立っている。だが……これでは最中の月の真似と言われかねない」

「おっしゃるとおりです」

おなつは、しょんぼりと肩を落とした。

苦笑いを浮かべながらも、捨作は「まぁまぁ」となだめる。

「味はいいんだから、つぎは、この甘藷粉にどう手を加えるのがいいか、よそ様の品と差をつけるのか、じっくり考えてみることだ。手際のほうもまずまず悪くない。粉を溶かして戻す手間も堂に入っていた。五十間団子を作るときに、上新粉の下拵えをしてきたことが活きてきたのだろう」

「はい……」

「焦ることはねぇんだよ。一度突っ返されたくらいで落ち込むこともない。つぎももっと頑張りな。老舗菓子屋の名だたる品も、はじめはこうして考えに考えて、何度も試作して、やっぱりだめで、ということを繰り返してきたんだ」

だから、こんなことで投げだしたらいけないのだと、捨作はしずかに語った。

捨作は決して口数が多くないし、他者に押し付ける口調でもない。だが、自らの経験から紡ぎ出される言葉は、いつもおなつに心地よかった。

捨作自身、言葉通り、長いあいだ試行錯誤を繰り返し、膨大な数の菓子を作り、そのなかのほんの一部だけが、客の手に渡るところを見てきたのだろうから。

おなつは思う。

こうして菓子作りに向き合ってきた捨作ならば、ほかの店の味を盗まなくとも、すばらしい菓子を作ることができるはずだと。

だからこそ、五十間団子のことで、根も葉もない噂が立つことに、歯がゆさをおぼえるのだった。


菓子の試作が終わり、一段落ついた頃。

この日は大きな座敷もないので、板場も閑散としはじめていた。

おなつは、空いている竈で湯を沸かし、あられ湯を淹れて捨作に差し出した。

あられ湯は、煎《い》った餅菓子を熱い湯のなかに入れ、薄く塩で味付けしたものだ。これが寒いなかで飲むとあたたまる。

板場横の腰掛けに座った捨作は、両手で茶碗を押し包み、湯気を顎に当ててから、ゆっくりと飲み干していく。

茶碗を傾け終わったあと、「あぁ染み入るね」と言ってもらったことは、おなつにとってなによりの褒め言葉だった。

「板場も冷えるから、こういうのがありがてぇ」

「お口に合ってよかったです」

甘藷煎餅はだめだったが、あられ湯については及第点をもらえたようで、おなつはほっとひと息をつく。

「じつは、すこし前から淹れ方を試していて。お菓子はしばらく売りに出せないけど、あられ湯だけは屋台で出していいか、おかみさんに聞いてみるつもりなんです」

「なるほどな」と捨作はかすかに頬をゆるめた。

「まだまだ寒いからな。道すがら、休憩にこういうものを飲む客があるかもしれねぇ」

「いずれまた、捨作さんのお菓子も店先に出せますよ」

「……まぁ、なるようにしかならねぇな。おかみさんの裁可を待つさ」

捨作のとなりで、自らもあられ湯を飲みながら、おなつはしばし考え込んでいた。考えたすえに、気になっていたことを聞いてみることにした。

「捨作さん」

「なんだい？」

「もしよければ、捨作さんに少しお話を聞きたいのですけど」

「竹村伊勢の料理帖を盗んだっていう、あの噂のことかい？」

「えぇ」と、おなつは頷いた。

「捨作さんがどう考えているのか、聞きたくて。捨作さんは、あの噂についてなにもおっしゃらないから。もちろん、噂がほんとうだなんて、蔦屋の人間は誰も思っちゃいないんです。だからこそ、もし違うのなら、力になれることだってあるかもしれない」

「ありがとうよ、おなっちゃん。こんな噂が立っちまって、旦那たちにも詫びたんだが、旦那もおかみさんも、気にするなと言ってくれたよ。ありがてぇこった」

　捨作は、もうひと口だけあられ湯をすすると、ふっと息をついた。

「そうさなぁ……どう考えているのかと聞かれりゃ、あんなものは嘘だとこたえるだけなのだが。竹村伊勢を出るときに、あそこの料理帖を盗んできた覚えはないし、かつて世話になった店に仇《あだ》を返すことはするつもりもない。五十間団子は間違いなくおれが考えて拵えたものだ。とはいえ、どこへ訴えていいかもわからねぇし、噂が立ち消えてくれるのを待つしかないのだろうよ」

「悔しくはないんですか？　心当たりもない話を吹聴されて」

「いまさら、なぜそんな噂が立つのか、不思議に思うだけだ」

　おなつは、捨作の様子をうかがう。捨作の表情は平静そのものだ。かつて世話になっていた店に心残りはないかに見える。だが、先方はどうだろうか。店を去った捨作に未練はないのだろうか。

そうした疑問を感じればこそ、おなつは、さらに尋ねてみた。

「竹村伊勢の人たちが、嫌がらせで噂を流しているとは、考えられないでしょうか？」

「どうかな」と、捨作は首をひねった。

「おれが竹村伊勢を出ていくとき、主と揉めたんじゃないかって言う者もあるが、そんなこともないんだ。ただ、もうおれの手がいらなくなったってだけで、おれ自身がそこを見極めて、暇を願い出たというのが正しい」

「そうだったんですか……」

長年、竹村伊勢のためにつとめてきた老職人が、自ら見切りをつけて店を去る。たとえ隠居を強《し》いてはいなくとも、職人をそんな気にさせてしまった店のほうに、はたして非はないのだろうか。落ち度はなかったといえるのだろうか。

おなつのなかで竹村伊勢への不審が深くなっていく。


「まずは、おれが竹村伊勢に修業に入った経緯を話そうか」

「竹村伊勢の先々代に引き取られて、菓子職人の修業をはじめたっていうのは、ほんとうなんですよね？」

「あぁ、その通りだ」

蔦屋にやって来て三年弱。これまで身の上のことはほとんど口にしなかった捨作だが、こうして重い口を開いてくれるのは、五十間団子を売り出せない責任を感じているのだろうか。

皺深い顔に、やや寂しげな表情をたたえながら捨作は語りだす。

「おれの母親は、さして人気のない遊女だったらしい。間夫《まぶ》に逃げられたあげく、おれが腹にいるのがわかって、どうしようもなくなって産んだあとは、蒸発しちまったと聞かされた。ほんとうのことはわからないがね。それからは、八つの頃まで見世で食わせてもらいながら、子どもながらに身の振り方を考えていたっけな」

捨作はもともと廓内の遊女の隠し子で、母親がいなくなり見世からも見放されかけたところを、竹村伊勢の先々代が下男として雇ってくれたのだという。十歳にもならぬうちから下働きをしつつ、真面目に修業を重ね、いっぱしの菓子職人になった。

「大変だったんですね」

「言うほど苦労はしていねぇつもりだ。似たり寄ったりの子どもは周りに幾人もいたし、七つか八つの頃までとはいえ、食わせてくれた見世の主人たちのことだってわかっている。なにより、おれを引き取ってくれた竹村伊勢の先々代は、情のあるお人だった」

「そうですか」

「おなっちゃんにこんなことを話すのは酷かな、すまねぇ」

おなつが赤ん坊の頃に蔦屋に拾われた子だというのは、蔦屋につとめる皆が知るところだ。それでも、うっかり口にしてしまったことを悔いた捨作が頭を下げるので、おなつは慌ててかぶりを振った。

「いえ、いいんです。わたしだって、蔦屋で拾われてよかったと思っていますから」

おなつは、父親や母親の顔も知らない。どこで生まれたのかもまるで覚えていない。ただ、五十間道蔦屋の前に捨てられていたということだけがわかっている。赤ん坊のおなつを、当時蔦屋で暮らしていた重三郎が見つけて拾ってくれた。

蔦屋の先代主人は快くおなつを受け容れ、当代の次郎兵衛とお栄夫婦もまた、おなつにとって頼り甲斐のある主人だ。重三郎もまたほんとうの妹同然におなつを可愛がってくれた。

たとえば血の繋がった親兄弟と暮らしていたとして、いまより幸せだったかと問われると、そうでもない気がしている。つよがりではなく、いまの暮らしのほうがきっと幸せなのだと、おなつは本気で信じていられるのだ。

おなつが言うと、捨作も「そうか」と頷いた。

「おれも、竹村伊勢の先々代に拾われて幸運だったと、心から思っていた。もちろん職人としての修業は厳しかったし、母親が恋しいことだってあった。おれを拾われ子だと馬鹿にしてくる年上の見習いもいた。だが代々の職人だろうと、おれらみたいな拾われた子であろうと、先々代は平等に扱ってくれた。修業に身を入れ、腕前を磨けば、一人前としてみなしてくれたんだ。女郎の子だの、親なし子だのと呼ばれてきた頃からは考えられぬことだったし、なにより自分で拵えた菓子が、店に並ぶことが誇らしかった」

脇目もふらず修業にはげみ、女房を持つこともなく、ほかの遊びをするでもなく、菓子職人として板場に立ちつづけ、老舗竹村伊勢の看板職人にまでなった捨作だったが。

そんな捨作が、なぜ竹村伊勢を出ることになったのか。

「いわゆる歳のせいだなぁ」

「でも、捨作さんはいまだ現役で、菓子を拵えることができるじゃありませんか」

「菓子は作れても、若い者たちと嗜好がずれてきたってことだろう」

先々代から先代、三年前にさらに代が替わったところで、老齢の捨作はしだいに肩身が狭くなっていった。

吉原という土地は、流行の最先端を体現している。

そこで売られるものは、つねに時代を先取りしていくのだ。吉原の目玉である遊女たちも、身にまとう着物も、街の風景も、流れる音曲も、酒や料理、もちろん菓子までも。

流行を先取るためには、若い力が要《かなめ》になってくる。

竹村伊勢の主が代替わりし、店そのものの雰囲気が若返り、若い職人たちの感覚を欲していることは明らかだった。

だから、捨作は隠居の道を選んだ。

ただし、そう仕向ける言動や圧力が、周りからあったことはないのだろうか。

捨作を招き入れたお栄などに言わせると、

「あの当代の様子じゃ、無情にも捨作さんを捨てたというのが正しい気がするね。どこから拾ってきたのか、若い職人を幾人か抱え込んで、昔からの職人を冷遇しているらしい。そのせいか、近ごろじゃ菓子の味も落ちたって話をよく聞くよ。うちで菓子を売り出そうと思い立ったのも、そんな話がちらほら舞い込んできたからなんだ」

ということだった。

数年前までは蔦屋でも、座敷に供するため、竹村伊勢の菓子を仕入れていたというが、近ごろはあまり付き合いがない。

　味が落ちたというのは、あくまでお栄ら一部の人たちの私感だ。いまだに竹村伊勢の菓子は根強い人気があるし、巷《ちまた》の評判も上々。お栄が菓子を仕入れなくなったのは、自らの店で拵えたほうが儲かると踏んだからかもしれないし、そんなことを考えていたときに、頃合いよく捨作が竹村伊勢を辞めたためだったかもしれない。

　いずれも、あくまでただの噂に過ぎない。過ぎないのだが。

　おなつは思い切って尋ねた。

「隠居を申し出たのは捨作さんかもしれませんが、そうさせたのは、当代のご主人なんじゃありませんか？」

「………」

　竹村伊勢の味が落ちている――それは、当代の主が、捨作だけではなく、長いあいだ店に尽くしてきた老練の職人をことごとく追い出したか、そう追い込んだ結果ではないだろうか。おなつにはそう思えてならなかった。

「すみません、こんなことは言いたくないんですけど」

「かまわんよ」

「竹村伊勢のご主人は、捨作さんたちを追い出して、店の雰囲気も、並べる菓子も一新しようとした。けれど、いざ蓋を開けてみると、期待していたほど真新しい菓子を作ることができず、評判はさほど上がらなかった。昔からある人気の菓子の味も落ちた。若い人に教える老練の職人がいないのだから当たり前ですよね。くわえて、竹村伊勢を去って蔦屋に入った捨作さんが、近ごろ評判の菓子を作った。作りかけている。そんな話を聞いてしまったから、あちらは穏やかではないのかもしれません」

「だから、竹村伊勢の評判をこれ以上落とさないため、あの妙な噂を流したと？」

「あくまで憶測ですけど」

「たしかに当代は老職人を煙たがっていたが、そこまでやるかねぇ」

捨作は疑わしそうだったが、おなつは、「あり得ないこともない」と考えている。それだけ老舗の看板は重いのだ。おなつには、どことなくそれがわかる。蔦屋の主人夫婦とて、夜の深い刻限まで店のことで話し合っているのを、幾度も幾度も見てきたからだ。

いずれにしても、これまで真摯に菓子を作りつづけてきた、捨作に落ち度などひとつもないはずだ。

捨作の考えを確かめたかっただけだったが、却《かえ》って気を悪くさせただろうかと、おなつは深く頭を下げる。

「すみません、根掘り葉掘りお尋ねしてしまって」

「いいってことよ。妙な噂が消えて、菓子作りがまたはじめられるようになるなら、おれのことなんざいくらでも話してやる」

「……捨作さん、もしもなんですが」

「うん？」

「この先もしばらく菓子作りをするなと言われたら、どうしますか」

尋ねられると、捨作は腕を組んで「うぅん」と唸った。

「そんときゃ、いよいよ隠居かもしれねぇな。もともと竹村伊勢を出るときに、菓子作りをやめることを考えていたんだ。数年だけでも職人として長らえさせてもらったのだから、十分だろう」

「……捨作さんのお菓子は、とっても美しくて、美味しいのに」

「それでも、いつかはやめなくちゃいけない日が来るのさ」

捨作の言葉に、おなつは熱いものが込みあげてきて、おもわず顔をしかめてしまった。「そんな顔するな」という捨作の苦笑いがよけいに胸に迫った。

「だが安心しろ」

捨作の節くれだった手が、おなつの前に差し出される。

「おれの菓子が店に出せなくなっても、もうしばらくは、この手でやれることもあろう。きれいさっぱり隠居する前に、おなっちゃんに修業をつけることだ。おなっちゃんが自ら拵えた菓子を出せるようになるまで、この老体がもつかぎり、とことん付き合うつもりだよ」

「ありがとうございます、捨作さん」

おなつは、捨作の手のひらをじっと見つめた。

長年へらを握り、熱い湯や餅を素手でさわる、皺深いが繊細な指先だ。火傷が常だから手のひらの皮膚はすっかり厚くなっている。だが、それのおかげで、いまは熱さはさして感じないという。それでも子どもの頃は厳しい修業に、手のひらに伝わる熱さに、泣いたこともあったろう。

——火傷だらけの手のひら。

近ごろそんな手を見たことがなかっただろうか。あることを思い出して、おなつは、はっと顔を上げた。

「そういえば」

「どうしたい、おなっちゃん」

「七日くらい前のことなんですけど。廓内から五十間団子を購いに来てくれた男の子がいて、その子の手のひらが、火傷だらけで赤くなっていたなって」

「……男の子がひとりで団子を？」

「はい、あの日は寒くて、お客さんがとてもすくなかったからよく覚えています。手に火傷を負ったその子が、団子を求めていったあとです。あの噂が流れて、うちの菓子処に誰も立ち寄ってくれなくなったのは」

　つぎの瞬間、おなつも捨作も、同じことを考えたかもしれない。

『菓子処つた屋』が店じまいする直前、五十間団子を求めていったひとりの少年こそが、「五十間団子は竹村伊勢の菓子の真似」だとか「捨作が竹村伊勢の料理帖を盗んだ」などと流布したのではないか、と。

　おなつは、最後に団子を手渡したときのことを思い出しながら言った。

「もちろん違っていたらいいとは思うのですけど。でも、その子、せっかく菓子を求めるのに、浮かない顔をしていたんです。どこか気が乗らない様子で」

「廓のなかから来たのかい？」

「はい、大門のほうから来て、そちらへ帰っていきましたから」

「どんな子どもだった？」

「瘦せた男の子でした。十歳か、もうすこし上くらいの。あぁ、そうだ、身丈のわりには腕が長いなって、そんなふうに見えました」

「腕が長いって？」

おなつが語る子どもの特徴を耳にし、捨作はおもわず腰掛けから立ち上がり、前のめりになっていた。

「……もしかしたら、そいつは長太《ちょうた》かもしれねぇな」

「お知り合いですか？」

「瘦せぎすで、腕が長くて、手のひらに火傷。その子が長太だったとしたら、竹村伊勢の菓子職人見習いだよ。やはり廓内で母親を亡くした子どもで、あちこち巡り巡って竹村伊勢の見習いになった。おれが店をやめる少し前に入ったんだったが……人よりすこし腕が長いうえに、長太なんて名だからよけいにからかわれていた」

おなつが表情を曇らせると、捨作は苦笑いを浮かべた。

「そうした境遇の子にとって、からかわれたり苛められたりするのは、珍しいことじゃねぇのさ」

「……そうなのかもしれませんね」

おそらく捨作も、幼い頃はつらいできごとに遭ったこともあっただろう。

実際に、いまの竹村伊勢でも、若い見習いが苛められているとか、そんな噂があることを、お栄からも聞かされていたところだ。

「そうか……団子を最後に求めていったのは、あの長太だったかもしれねぇのか」

しみじみとつぶやいたあと、捨作は考え込んでしまった。

おなつも思いをはせる。

いまごろ竹村伊勢という老舗で苦労しているかもしれない、長太という菓子職人の見習いが、五十間団子を購いにやってきた理由は、ほんとうに自分が食べるためだけだったのだろうか。別の理由があったのか。

長太があの噂を流したという証はない。だが、違うとも言い切れない。

この話を、蔦屋の主人夫婦にすべきかどうか。話したことでことが大きくなりすぎないだろうか。おなつはわからなかったし、おそらく捨作も迷っている様子だ。

ひとまず長太のことを気に留めておいたほうがよいだろうと、おなつは、心のなかにその名をしまいこんだ。

『菓子処つた屋』が休業中でも、おなつには、五十間道蔦屋の女中見習いとして、日々やることが山とある。

竹村伊勢で菓子見習いをしているであろう長太のことを、捨作以外の誰にも話せないまま、この日も、お栄のお遣いで廓内を駆け巡ることになっていた。掛け取りや、挨拶回り、文の配達、御用聞きなどさまざまだ。

五十間道を抜けて吉原大門の手前、廓内から漂ってくる馥郁とした香りが鼻をくすぐってくる。

「桜の植えつけがはじまったのかしら」

つい最近まで廓内では正月飾りが目立ったが、春の節句が近づくと、目抜き通りには桜の木がつぎつぎと植えられていく。空気はいまだ冷たく冬の名残があるが、目にうつる景色はたちまち春めいていくのだ。おそらく桜が花開くのは、江戸のなかで吉原がもっとも早いほうに入るだろう。季節までが、最先端を走りつづける。それが吉原だった。

「桜を見られるのが待ち遠しいな」

そんなことを思いながら、おなつは、大門の面番所——四郎兵衛会所に差し掛かる。門番をしている顔見知りの若者と挨拶を交わしながら、この若者も廓内で生まれ、親と離れ離れになった子どもだったのだろうかと、ふと考えてしまった。

案外、界隈にはそんな身の上の子が多いのだ。孤独な人間どうしが、吉原という限られた世界のなかで、本物の身内同然に助け合って生きている。

おなつが大門を通るための切手を差し出すと、門番の若者が気さくにこたえてくれた。

「律儀に切手なんて出さなくてもいいのによぅ、五十間道蔦屋のおなっちゃんを知らぬ人間なんて、四郎兵衛会所にはいねぇんだから」

「形だけはいちおうね」

「ははは、そうかい。ところで菓子の修業ははかどってるのか？」

「少しずつ、よ。もっともこの前の試作は、捨作さんにまだまだと言われちゃったけど」

「そうかい、そうかい。ま、あまり気を落とすなって。おなっちゃんなら、いずれ立派な菓子を作れるだろうからさ」

「ありがとう、頑張るね」

切手を返してもらい、若者との会話も切り上げると、おなつは廓内に歩を進めた。

大門を抜けてすぐの仲ノ町目抜き通りでは、思ったとおり、桜の植えつけがはじまっていた。これが数日も経たぬうちに通りめいっぱいに桜の木が植えられ、街全体が桜色に染まったような美しさに包まれる。まさにこの世とは思えない美しさ、此岸とはかけ離れた極楽浄土の様相だ。

毎年その光景を見ていても、飽きることはない。幾度も足を運びたいと思わせる、人の心を虜《とりこ》にして離さない。吉原の魔性ともいえた。

おなつは、植木職人たちが目まぐるしく立ち働くのを横目に、お遣いを命じられた各所へと急いだ。いくつか得意先を回ったあと、江戸町二丁目の一画にさしかかり、そこに、くだんの『竹村伊勢』の看板を見つけた。

軒先には行列ができ、老舗の菓子を土産物として求める人たちでごった返している。

「長太って子は、どうしているかしら」

はたして、以前に蔦屋の五十間団子を購っていったのが、ほんとうに竹村伊勢の長太という子だったのか。いますぐ確かめたい気持ちがあったが、ひとりで乗り込んでいって、騒ぎでも起こしては蔦屋に面目《めんぼく》が立たない。

賑わう店先を遠目で眺めてから、おなつは、この日は竹村伊勢の前を素通りすることにした。

一刻ばかり廓内を駆けまわり、すべてのお遣いをすませたあと、おなつはその足で、仲ノ町の耕書堂蔦屋へと向かう。

廓内に来たときは、独り立ちした義兄のところに立ち寄るのが通例だ。忙しい重三郎に迷惑をかけたくないと思いつつも、変わらず息災でいるのか、顔を見たいという思いがある。

だがいまは別の理由もあった。重三郎に会いたいのは、竹村伊勢の菓子職人見習い——長太という少年の話を聞いてもらいたかったからだ。

「兄さんなら、どうするだろう」

五十間団子を求めた少年に話を聞きに行くべきかどうか。噂を広めたのが長太なのか調べるべきなのか。あるいは、巷に広まっている噂が消えるまでおとなしくしているのがいいのか。重三郎の考えを聞きたかった。

「ごめんください」

吉原仲ノ町耕書堂蔦屋——富士山形に蔦《つた》の葉の文様が染め抜かれた暖簾をくぐり、おなつは店に入った。とたんに、墨と紙の匂いがつんと鼻を抜ける。以前来たときよりも、売り物の数が増えているのがわかった。斜めにして見やすくした陳列板には艶やかな錦絵が所狭しと並び、錦絵の横には双紙が堆《うずたか》く積まれていた。ついで、これらを差し置いて売り場のもっとも手前に並んでいるのが、吉原の案内書、吉原細見だ。耕書堂でもっとも売り上げがあるのが、吉原細見であることがひと目でわかる。

「いらっしゃいませ」

おなつをまっさきに出迎えたのは、主人の重三郎とは別の人物だった。

薄暗い店の奥、番台から顔を出したのは、小柄で細身の若者だ。おなつがはじめて見る顔だった。目鼻立ちが整っていて男ぶりも悪くないが、するどく切れ上がった大きな目が、薄暗がりのなかで光って見える。油断なく動く目が客を品定めするさまは、用心深い猫を思わせた。

「双紙をお求めで？　いや年ごろの娘さんなら錦絵かな」

「いえ、そうではないんです」

かすかに少年のおもかげが残る若者は、耕書堂の店番らしかった。ということは、以前から重三郎が話していた店番の勇助だろう——と、おなつは得心する。

「わたし、なつといいます。五十間道蔦屋の……」

「あれ、もしかして、蔦屋のおなっちゃん？」

おなつが名乗ると、品定めのために光っていた若者の目つきが和らいだ。番台から立ち上がり、陳列棚をひとまたぎして、おなつの前に立つ。小柄な若者は、おなつとさほど身丈が変わらなかった。

互いの顔を間近に近づけながら、若者は早口でまくしたてる。

「おなっちゃんのことは、重三郎の旦那からよく聞いてるよ。おいら勇助ってんだ。ここで店番をしながら錦絵の修業にも通わせてもらってる。旦那とは遠い遠い親戚には違いないんだが、餓鬼の頃に親もとを飛び出しちまったから、この年になるまでほとんど交流はなかった。家を出てから、おれぁ浅草あたりでいっぱしに悪を気取って暴れていたんだけどさ。ちょいと悪さが過ぎたか、田町に住む馬屋の伝吉親分って知ってるだろう。あの人に捕まって、こってり絞られて、一時は使い走りみたいなことをさせられていたんだな。そこへ旦那が訪ねてきて、これでも遠い親戚だからって、拾ってもらったって寸法だ。ただし悪さはいっさいやめて、おいらが店の手伝いをし、真面目に錦絵を描いて、いっぱしの職人になるってことが条件なんだけどよ」

勇助と名乗った若者は、自らの挨拶をいっきにすませてから、切れ上がった目で、おなつの顔をのぞき込んできた。

「いやぁしかし、旦那に聞いていたとおり、餅みてぇな頰をして、かわいらしい人なんだなぁ」

「あ、ありがとう……」

勇助の鋭い目で見つめられ、おもわぬ褒め言葉も受けて、おなつは戸惑ってしまう。

「ところで重三郎兄さんは？」

「旦那かい？　あぁ、廓内に来るときは、いつも顔を見にくるんだっけ。兄妹仲がいいんだなぁ。独り立ちしたばかりの男所帯じゃ気がかりなんだろ、わかるぜ。あの人、寝食忘れて仕事に没頭しちまうところがあるからな。だが、おいらの手が空いているときは、なるべく飯も作るし、店番も代わってやれるし、ぶっ倒れないよう見てやれるからさ。安心してくれよ」

　耕書堂の店番であり絵師見習いだという勇助は、あまりにも賑やかだ。おなつは「ふふっ」と吹き出しかけて、慌てて勇助に頭を下げる。

「そうでしたか。では、これからも兄さんをよろしくお願いしますね、勇助さん」

「まかせておいてくれって」

「で、兄さんは留守なのでしょうか？」

「いや、いるにはいるんだが……」

　賑やかだった勇助が、すこしだけ声の調子を落とす。

「いま奥で客人と会っているんだよなぁ」

「お客さまがいらしてるんですね」

「といっても、あんまり楽しい話じゃなさそうだけど……」

　勇助が「奥で」といって指し示したのは、番台の奥、衝立を一枚隔て、さらに奥にある内所だ。店の主人の控え場所なのだが、そこから、男どうしの会話がかすかに聞こえてくる。

おなつと勇助は黙り込み、衝立の奥から聞こえてくる話し声に耳を傾けた。

重三郎のものとおぼしき低い声が、やや不穏さを帯びている。

「細見の改所を、うちから、木村屋《きむらや》さんにふたたび戻せとはどういうことでしょうか」

柔和ではあるのだが、奥底に苛立ちが滲みだしている。おなつがかつて聞いたことがない類《たぐい》の声だった。

改所とは、吉原の観光案内――『吉原細見』を作るため、吉原中の動向を仕入れ、かつ編纂を行う拠点であり、細見を売り出すための場でもあった。板元――いわゆる出版社の下請けで、細見の編集部と、細見専門の売り場を兼ねていることになる。

改所は、板元が指名することがほとんどだ。重三郎が扱う細見の改所は、もともと木村屋が担っていたのだが、ここ一年は重三郎が新たに指名されていた。

重三郎が自らの店を構えることにしたのは、この改所を担うからこそでもあった。

それを戻せとは、どういうことだろうと、おなつは勇助に目配せをした。

勇助は肩をすくめながら、小声でこたえる。

「相手は木村屋さん本人だ。京町二丁目にある反物屋《たんものや》の」

廓内、京町二丁目にある木村屋のことは、おなつもよく知っていた。木村屋は反物屋を営むかたわら、日本橋通《とおり》油町《あぶらちょう》の鱗形屋が発刊している、鱗形版吉原細見の改所を長年つとめてきたのだ。

ちなみに鱗形屋は、細見の内容を決める改所、さらに絵師や彫師《ほりし》や摺師《すりし》を指名し、売値や発行部数なども決める、細見作りのすべてをとりまとめる板元だ。重三郎たちの上役といってもいい。

鱗形版の吉原細見は、「いまの吉原」を内外に宣伝するため、正月と夏、年に二度必ず売り出される刊行物だ。日本堤沿いの休憩処や五十間道の各店、廓内の妓楼などにも置かれる吉原土産でもある。

板元である鱗形屋から指名される改所は、長らく木村屋が独占してきたのだが、昨年、重三郎が店を構えた際に、木村屋から耕書堂へと権利が移ったばかりだった。吉原における重三郎の顔の広さと、これまで鱗形屋の仕事を細々と助けてきてた功績が認められたからだ。

だが、木村屋からすれば、重要な役目を、重三郎に奪われたことになる。

会話の端々から感じられる不穏さは、商売敵どうしが対峙しているからなのか。気がかりになって、おなつは衝立の奥をそっとのぞき込んだ。

内所の奥で、ふたりの男が向かい合っているのが見える。

手前に正座をしているのが、黒羽織をまとった重三郎。奥にいる五十手前くらいの男が木村屋の主、善八《ぜんぱち》だろう。

善八が苦笑を漏らしながら、重三郎の問いにこたえているところだった。

「まぁまぁそう喧嘩腰にならなくても」

「喧嘩腰だなんて滅相もないことですよ。ただ、木村屋さんが思いもよらぬことをおっしゃるから」

「思いもよらぬことかね」

「ええ、まったく」

内所の奥から、「ふん」という木村屋善八の嘲笑が、おなつのもとまで届いた。

「つまり改所の権利をうちに返す気はないということか。そりゃそうか、近ごろじゃ、実家である五十間道蔦屋さんに、文人論客を集めて派手にやっているらしいからねぇ。怖いものもないといったところかな」

「……派手に、とは」

「とぼけなさんな。よく耳にするよ、蔦屋さんで夜な夜な大きなお座敷を設けているってね。北尾《きたお》重政《しげまさ》、大田《おおた》南畝《なんぽ》、恋川春町《こいかわはるまち》、宿屋飯盛《やどやのめしもり》、朋誠堂喜三二《ほうせいどうきさんじ》、いまをときめく絵師や狂歌師《きょうかし》、戯作者《げさくしゃ》。江戸中の板元が知己になりたくてたまらない有名人が、蔦重さんのもとに一斉に集うってぇのは、どんなからくりがあるんだろうね」

「からくりだなんて大袈裟な、ただの酒のみどうし集っているだけですよ。それに夜な夜な大宴会を開いていたら、とうにおいらは破産です」

　重三郎と木村屋善八の会話を聞いていて、おなつは先日、重三郎が設けたお座敷のことを思い出していた。

　朋誠堂喜三二とは、吉原帰りによく蔦屋に立ち寄ってくれる、あの喜三二のことだろう。武家髷に珍妙な格好をしている喜三二という男、先日の宴の席でも、只者ではないことはわかっていたが、木村屋善八が羨ましそうに語るのを聞いて、さらにその思いをつよくした。

　木村屋善八の恨み言はまだ聞こえてくる。

「蔦重さんにはそんな大層な知己があって、老舗引手茶屋の実家の後ろ盾もあり、自分の商いだけでも先々有望なのに、吉原細見の改所まで兼ねようってのは、すこし強欲が過ぎるんじゃないのかい」

　木村屋との会話を聞いていて、おなつは、おもわず衝立の向こうへ飛び出していきそうになった。

「強欲だなんて言い方、ひどい」

「おっと、やめときなよ」

だが、飛び出しかけたおなつを制したのは、勇助だった。

「いまは店の主どうしの話だ。おいらたちの出る幕じゃない」

「でも、あんな言い方ってない。兄さんは、私腹を肥やしたいから、文人を集めたり、改所を任されているわけじゃないのに」

「わかってる。おいらだって悔しいさ。旦那は、吉原のためにやっているだけなんだ。有名な文人の知己が多いのも、文人たちの作品を理解して、大事に育て、困りごとがあれば相談に乗ってきたからじゃねぇか。長年積み上げてきた信頼関係があるからじゃねえか。改所のことだって同じだ。妓楼ごとにどんな遊女がいるのか、吉原でどんなものが流行ろうとしているのか、貸本屋として妓楼や茶屋をくまなくめぐり、すみずみに顔を売って話を聞き出す。それを鱗形屋に供する。内容の精緻さ、版型や見やすい絵図なんかの案を出す。そのうえで総じて利益を見積もる。そうしたことを吉原のためを思ってコツコツやってきたから、鱗形屋は信頼して、改所を耕書堂に任せたんだろう」

「勇助さん……」

「木村屋のやつは、そうした地道なことをやってきたのか、細見をより良くするためにつとめたのか、吉原のためになることをしたのかよ。なにもしちゃいないくせに、老舗の名にあぐらをかいて、手前の利ばかり求めて、難癖だけはつけやがる」

つい饒舌になった勇助の横顔を、おなつは驚きをもって見つめた。

元不良で絵師見習いだという若者は、じつに重三郎のことをよく見ていると感心してしまう。また、おなつは重三郎を頼るばかりだが、きっと勇助は、自らもともに耕書堂を守っている意識がある。目上の者への配慮もできる。それが、よくわかった。

おもわず悔しくなるほどだった。

そんな勇助に制されたのだから、おなつも、ここは堪えるしかないと冷静になれた。

いま一度、耳をそばだてる。やがて、衝立の向こうから、重三郎の落ち着きはらった声が聞こえてきた。

「強欲……ですか。なるほど、おいらのことはどうおっしゃられても構わない。だが、これだけは言わせてください。おいらがやることは、決して私利私欲のためじゃない。吉原が、世間様から一目置かれることを望んでいます。それが、苦界とも言われ、時には差別すらされる吉原を守ることになると思っています」

しばし沈黙が流れた。

衝立のかげに隠れていたおなつと勇助は、おもわず固唾を飲んだ。重三郎の吉原への思いに、胸を衝かれたからだ。

いっぽうで、木村屋善八には、その思いは届かなかったらしい。悔しげな呻《うめ》きを漏らし、さらに言葉を荒らげた。

「……吉原を守るだと、偉そうに、傲慢な若僧が」

「若僧」という言い方が、さも憎々しげだ。

「お前が蔦屋の軒先で細々と貸本屋を営んでいる頃から、おれや鱗形屋さんが板元や地本問屋の成り立ちを教えてやったり、改所の真似事をやらせてやったり、さんざん目をかけてやったってのに。手前だけ羽振りがよくなればその態度か」

呪詛の言葉はなおもつづく。

「そうか、わかったぞ、蔦重、お前の思惑が。これみよがしに文人たちに撒き餌をしているのも、うちを追い落とすだけじゃ飽き足らず、いずれは板元としても名を上げ、鱗形屋さんまで呑み込んじまおうって腹に違いない。そして、自分と、自分の身内だけで甘い汁を吸おうってつもりだろう」

「なにをおっしゃる。おいらの話を聞いてましたか」

「しらを切るなよ。鱗形屋さんから聞いたぞ。夏に出るつぎの細見では、刊記の横に、竹村伊勢の菓子ではなく、蔦屋の菓子を案内に載せたらどうだと申し出たそうじゃないか」

話を聞きながら、おなつの胸はどきりと跳ね上がった。

――兄さん、ほんとうに、そんなことを鱗形屋さんに申し出たのだろうか。

吉原細見は、巻末の刊記の横に、通例として、吉原名物の広告が載せられることがある。その箇所には、ここ数年、つねに竹村伊勢の銘菓、「最中の月」や「巻き煎餅」「袖の梅」といった菓子が紹介されていた。これらの菓子が吉原名物と名高く、より吉原への集客をのぞめる品だからだ。刊記に広告が載ることは、吉原界隈の力関係もあらわしている。内外に広く行き渡る広告である吉原細見の刊記横を独占していたのは、長いあいだ竹村伊勢だった。

そこへ、新たに改所をつとめ、細見作りにもかかわってきた重三郎が、

「ときには別の名物を案内すべきだ」

として、新しい風を吹かせようとした。

新しい風として、五十間道蔦屋の「五十間団子」を載せてはどうかと持ち掛けた。

見る人によっては、重三郎の身内贔屓か、あるいは、菓子処を営むおなつが、自ら

の店の菓子を紹介してくれ、そんなふうに義理の兄に頼んだものと捉えられても、不思議ではない。

そしてゆくゆくは、重三郎は細見作りの手伝いだけではなく、いずれは、鱗形屋吉原細見の株をすべて買い取り、独占し、耕書堂蔦屋版の吉原細見にするつもりなのではないか。

おそらく善八はそんなふうに、重三郎を見ているのだろう。

「蔦重、あんたは……鱗形屋のお株を奪うことや、板元として名を上げるだけじゃない、ゆくゆくは蔦屋の身内だけで吉原を牛耳るつもりじゃないのか」

「馬鹿なことを」

木村屋善八の言葉を受け、重三郎は冷ややかに応じた。

「吉原のなかに力ある旦那方がどれだけいると？　木村屋さんがおっしゃるとおり、おいらはただ本を商う若僧だ。旦那方がその気になればひとひねりだ。造作もない。そのあたりはわきまえているつもりです」

「………」

「先にも言ったとおり、おいらは、吉原のために細見作りをしています。吉原のために任されたから、改所もやっています。自分だけが儲かればいいなんて気持ちはさらさらない。だけど、身内にあらぬ罪をなすりつけ、傷つけることは、見過ごすことはできません」

重三郎の声音が低く、硬くなっていく。

「たとえば、吉原細見の刊記横に、蔦屋の菓子を載せたくない。そのために根も葉もない噂を流し、うちの職人をおとしめ、義妹を傷つけ、蔦屋の風評を地に落とそうとする輩。しかもそれを己では行わず、立場の弱い者に押し付けてやらせる。そんな卑怯者は、どんな手を使ってでも追い詰めてやりますよ」

重三郎の声がさらに低くなると、「ひっ」というかすかな悲鳴が、木村屋善八の喉から漏れ出た気がした。

つぎの瞬間、いきおいよく立ち上がった木村屋善八は、衝立を蹴り飛ばしつつ内所を飛び出し、こけつまろびつおもてへと走り去ってしまった。

呆然としてその姿を見送ったおなつと勇助は、あらためて重三郎の様子をうかがう。

「お前たち、立ち聞きとは趣味が悪い」

先刻まで硬い口調で言い争っていた張本人は、いまやけろりとして、やわらかい笑みを浮かべていた。

彼岸と此岸の狭間――五十間道沿いにある、引手茶屋蔦屋。

その軒先に、十日ぶりに『菓子処つた屋』の小さな暖簾がかかった。いまにもひと雨きそうなあつい雲がたちこめた、冷え込みがつよい朝のことだ。

「おや、やっと菓子処が再開かい？」

「喜三二さん」

暖簾をかけてからすぐにやってきたのは、武家髷に着崩した着物、女ものの羽織をまとっている四十絡みの男だった。喜三二だ。

少し前まで、おなつは喜三二の詳しい素性を知らなかった。わかっていたのは、足繁く吉原に通う好事家で、蔦屋の常連でもあり、義理の兄重三郎の知己であるということくらいだ。つい先日、朋誠堂喜三二という戯作者であり狂歌師であることと、正式な身分は、某藩の江戸留守居役とわかった。

本来ならば、おなつなどが気軽に会うことすらかなわない人物だが、当の本人は相変わらず妙な格好をして、偉ぶらず気取らず、ふらふらと蔦屋にあらわれる。

喜三二があまりにいつも通りなので、おなつもまた、いつも通り気楽に話しかけた。

「喜三二さん、今日も朝帰りでいらっしゃいますか？」

「うん、昨晩、重さんのところに寄らせてもらって、けっきょく夜通し飲んで語り合っちまったよ。そういや、昨晩の重さんは珍しく深酒だったたな。いつもは管《くだ》を巻くことなんかないのだが、誰のことだか『あのわからず屋め』とか言いながら、杯を重ねて、ついに酔いつぶれて寝ちまった。なにか面白くないことでもあったんだろうか」

面白くないことといえば、先日の木村屋善八との諍《いさか》いが、尾を引いているのかもしれない。おなつの胸も痛んだ。喜三二が酒に付き合ってくれたことで、重三郎の気持ちもいくらか和らいでいればよいと願ってしまう。

とはいえ、喜三二のほうは、こんな気儘《きまま》な暮らしをしていて、お勤めのほうは大丈夫なのだろうかと勘繰ってしまう。だが、それも胸の内にとどめ、おなつは喜三二に縁台をすすめた。

「喜三二さん、おかけになって。せっかく立ち寄ってくださったんですから、あられ湯を一杯召し上がっていきませんか？」

「あられ湯だって？　この寒さで、くわえて二日酔いぎみだ。ありがたいねぇ」

おなつの申し出に、額をぺちりと叩いた喜三二は嬉しそうに笑い、勧められるまま縁台に腰掛けた。

「いまお出ししますね」と、おなつは、あられ湯を作りはじめる。

普段なら売り物の団子が置かれている台の下に、もう一段、板を渡して茶棚ができていた。そこに湯呑がいくつか並べられている。

さらに縁台の手前には火鉢が置かれていた。おなつや客が暖を取るためでもあるのだが、用途はもう一つあった。火鉢の上に茶釜が乗せられ、湯を沸かしているのだ。

おなつは、あられが入った湯呑に、茶釜から柄杓ですくった湯をやさしく注ぎ、喜三二に手渡した。

「あぁ、うまい、酒焼けが吹き飛んじまうよ」

あられ湯をひと口すすり、喜三二は満足そうに吐息する。だが、すぐに、屋台に売り物の五十間団子がないことに気づいて首をかしげた。

「それはそうと、店をはじめたのに、団子は出さないのかい」

「じつは、まだお菓子を出す赦しはもらっていないんです。あられ湯だけ、出してもいいとおかみさんに言われていて」

「それは、あの噂が消えないせいなのかい？」

喜三二の耳にも、五十間団子にまつわる噂話は届いているのだろう。

「はい」と、おなつは寂しげに返事をした。喜三二も残念そうに首をふっている。

「なるほど、困ったねぇ。しかし捨作さんが料理帖なんて盗むはずがないことは、竹村伊勢さんが誰よりもわかっているはずなのにねぇ。そんな噂はデマだって、はっきり言ってやったらいいものを。それとも、噂を流したのは竹村伊勢なのかねぇ」

「どうでしょうね」

おなつは、あいまいに返事をするしかなかった。先日、重三郎と話していた木村屋善八の態度を思い出すと、噂を流したのは木村屋だとも見て取れる。だが、証があるわけではないのだ。真相がはっきりしないまま、このままにしておくのか。あるいは、木村屋に問いただすのか。いずれ重三郎に相談したいとも思っていた。

「いずれにしても、噂なんて、早くなくなればいいのに」

おなつが、空になった湯呑に白湯を注ごうと火鉢のほうに向き直ると、いつから居たのか、屋台の向こうに新たな客が立っていることに気づいた。

おなつは目を見張った。

屋台の前に立っていたのが、見覚えのある少年だったからだ。うつむき加減で、痩せぎすで、腕がひょろりと長い、十歳くらいの男の子だ。

「あら、あなたはこのあいだの。いらっしゃいませ」

「……おはようございます」

おなつが声をかけると、少年は深々と頭を下げた。

寒空のなか、少年は丈の足りない小袖一枚だった。肘まであらわになった長い腕には、寒さのためか鳥肌が立っている。

以前、蔦屋にやってきたときとほぼ同じ格好で、その姿が寒々しくて、おなつはたまらず誘いをかけていた。

「どうです、もしよかったら、あられ湯でも飲んでいきませんか？」

「おぉ、こっちへ来なよ。子どもが、そんな寒そうな格好で突っ立ってるもんじゃねぇ。あられ湯のお代は、おいらが持つからよ」

先客の喜三二にも強引に誘われ、戸惑いながらも少年は縁台に腰掛ける。

おなつがあられ湯の支度をしているあいだ、少年は、落ち着かなさそうに、『菓子処つた屋』という暖簾がかかった屋台を見つめていた。

「このあいだ売っていた五十間団子、あれってまた売りはじめたの？」

「いいえ」と、おなつはかぶりを振った。

「もうしばらく団子は出せないんです。ごめんなさいね」

「そうなんだ……」

おなつは、うなだれてしまった少年に、淹れたばかりのあられ湯を差し出した。

「どうぞ」と促すと、少年は、幾度か熱い湯に息をふきかけてから、ちびりとひと口飲み出した。

「美味しい」

「よかった。あたたまるでしょう」

「うん……」

「あなたは、長太さんですね？　竹村伊勢で菓子職人の見習いをしている」

長太と呼ばれた痩せぎすの少年は、驚きに目を丸くして、慌てて顔を上げた。なぜ知っているのかと問いたそうなまなざしを、おなつに向けてくる。

おなつはかるく膝を折り、縁台に座る長太と目線を合わせた。

「うちには、もともと竹村伊勢につとめていた職人さんがいるんです。以前あなたが来たときのことを話したら、長太さんじゃないかって教えてくれました」

「職人って、捨作さんのことだよね？」

「そうですよ。覚えていますか？」

長太は頷いた。それから押し黙り、ふた口、三口と、湯呑を傾けていく。寒さで青ざめていた顔にも、すこしだけ赤みがさしてきた。

おなつと喜三二は、長太の様子を見守っている。

あられ湯を半分ほど飲み切ったところで、長太がふたたび口をひらいた。

「ひとつ聞きたいんだけど。団子を売りに出せないのは、捨作さんのことで、変な噂が立ってしまったからなの？」

おなつが「え？」と問うと、長太は、言い難《にく》そうにしながらも、思い切って言葉をつづけた。

「あんな噂が立ったの……きっと、おいらのせいなんだよな」

「どうしてそう思うんです？」

「だって……おいらが、捨作さんがこしらえた団子のことを、木村屋さんに話したから」

やはり、そうなのだろうかと、おなつは心が寒くなる思いがした。

先日、廓内にある重三郎の店で出くわした、木村屋善八。やはりあの男が、鱗形屋吉原細見の改所としての立場を取り戻すため、蔦屋を牽制するため、重三郎を退けるために、捨作がこしらえた五十間団子の悪い噂を広めたのだろうか。

しかも、噂の発端が自分ではなく、竹村伊勢の人間だと周囲に思わせるために、立場の弱い長太を利用したのだろうか。

胸の奥にざわめきをおぼえながら、おなつは、長太に尋ねた。

「木村屋さんに、五十間団子を購ってくるよう言われたんですか？」

「ううん、そうじゃないんだ」

慌てて長太は首を振った。

「団子を食べたいと思ったのは、おいらなんだ。蔦屋さんで売っている団子が、竹村伊勢にいた捨作さんが作ったものだって知ったから。だから、なけなしの給金をかき集めて、あの日、ここに立ち寄ったんだ」

あの日、春の訪れが待ち遠しく感じられた、冷え切った昼日中のことだ。長太は、五十間団子を拵えたのが捨作だと知ったうえで求めてきた。

「捨作さんの味を、もう一度、確かめたかったんだ」

長太が竹村伊勢に見習いとして入ったのは、捨作が店をやめる直前だった。だから、捨作の菓子作りを間近で見て、味見をさせてもらったのは、ほんの二、三度しかなかったという。

「あのときは、おいらはまだ八つだったけど、それでも、よく覚えているんだ。捨作さんが拵える菓子は、見た目がきれいで、美味しくて、夢みたいだった。つらい修業はいやだったけど、捨作さんに教えてもらえるのなら、おいらもいつかあんなのが作れるのかと思って楽しみだった。だけど、あの人はすぐに店をやめてしまって。それから、ほんとうにしんどいことばかりで……」

そこまで言って、長太はまたも口を閉ざしてしまった。縁台に腰掛けたまま両足を折りたたみ、細長い両腕で膝を抱え込む。

細い肩が震えているのは、寒さばかりではあるまい。

おなつと喜三二は、かける言葉が見つからなかった。辛抱強く、長太のつぎの言葉を待つことしかできなかった。

おなつは想像する。捨作が竹村伊勢から去ったあと、長太の毎日はどれほど過酷だったろうかと。ただでさえ厳しい修業で、まわりは競い合う相手ばかり。苛めとはいかないまでも、体のことでからかわれたことも、あったかもしれない。

身内とは縁が薄い長太だ。店の外にも逃げられず、頼れる者もいない。似た境遇だった捨作だけが、長太に優しくしてあげていたのかもしれない。

「修業仲間は、すぐに成果が出て、旦那や親方にも褒められて、店に出す菓子を作らせてもらったりしてた。おいらはいつまでたっても下拵えや、火をおこしたり、水をくんできたり、店中の掃除だとか、お遣いとか、そんな雑用ばかりだ。菓子の修業だってろくにつけてもらえなかった。おいらはいったい、なんのために竹村伊勢に入ったんだ。こんなだったら、前にいた見世で、お上臈《じょうろう》さんたちの遣い走りしていたほうがよかったんじゃないか。竹村伊勢をやめたほうがいいんじゃないかって思った」

だから、菓子職人の修業をやめる前に、もう一度だけ、捨作の菓子を食べてみようと思ったのだ。長太は、震える声で語った。

「五十間団子を食べてみて、もし、それに心動かされることがなかったら、修業をやめるつもりだった。捨作さんの菓子が美味しいと思えないのなら、菓子職人の道も、きれいに諦められるって」

だが、逆を言うと、もし捨作の菓子を美味しいと思えるのならば、見失いかけていた菓子作りへの熱もよみがえるかもしれない。これからの道筋も見えるかもしれない。ここ数年、つらいことばかりだった日々にも、価値を見出せるのかもしれない。

そう思いつめて、あの日、長太は『菓子処つた屋』の暖簾の前に立ったのだ。

緊張のおももちをした長太の姿が、おなつにもよく思い出された。

「どうでした？　捨作さんが拵えた五十間団子の味は」

「美味しかったよ。ほんとうに、これまで食べたどんなものより美味しいと思った。団子はやわらかくて、やさしい餡の味がして、どこか懐かしくて。おいらも、あんな菓子が作りたいと思った」

「菓子作りを、つづけたいと思えたんですね？」

いったん顔を上げて大きく頷いた長太だったが、直後、「でも……」とつぶやくと、力なくうなだれてしまった。

「あの日、竹村伊勢の人たちに見つからないよう、勝手口に隠れて団子を食べていたら」

なけなしの給金をかきあつめて購った団子を持ち帰り、長太は、主人や修業仲間に見つからぬよう、隠れて団子を食べているところを、たまたま竹村伊勢を訪ねてきていた木村屋善八に見られたのだという。

「木村屋さんに、味はどうだと聞かれた。夏に出るつぎの吉原細見に、捨作さんの菓子が載るかもしれないから、感想を聞きたいんだって言ってた。だからおいらは、正直にどんな味かを話したんだ」

ほんとうに、それだけだったのに。と、長太は涙目になっていた。

「あんなふうに噂が広まるとは思わなかったんだ」

長太はなんと言ったのか。

「おいらはただ、心から美味しいと思った。なつかしい、捨作さんの菓子だと言った。おいらが知るかぎり、この世で一番に美味しい菓子を拵える人のものだと」

長太はこのとき、あくまで己だけの評価として、賛辞を送ったつもりだった。だから、思いもよらなかったろう。

己の言葉が、「捨作がこしらえる菓子は、竹村伊勢で一番だった」と婉曲して伝わり、ついで「捨作は、竹村伊勢で作っていた菓子を、蔦屋でそのまま作っている」と、さらに妙な形で広まり、さらにそれが、「捨作は竹村伊勢の料理帖を盗んだのだ」とまで、話が膨らんでしまうなどと。

長太に話を聞いた木村屋善八も、もしかするとここまで噂が大きくなるとは思ってなかったかもしれない。そもそも悪意はなく、ただ、重三郎が細見に載せたがっている蔦屋の菓子がどんなものなのか、知りたかっただけかもしれない。

ただし木村屋善八は、大きくなりすぎた噂話を、自ら打ち消そうともしなかった。純粋な子どもが、ひどく傷つくであろうことにも思い至らなかった。

蔦屋や捨作、はては重三郎の評判が吉原のなかで下がるのならば、その流れを、存分に利用しようとした。

幼い長太は、日に日に吉原中に広まっていく噂話を、どうやって収束させればよいか、まるでわからなかった。ただただ毎日が、おそろしかった。広まってしまった噂のせいで、五十間団子が売り出しをやめたと聞いたときは、心が凍りつくようだった。

そしてこの日、ついに耐えられなくなり、思い詰めた心を抱え、ふたたび『菓子処つた屋』の暖簾の前に立った。

「こんなことになって、ごめんよ、おねえちゃん」

すべてを話し終え、たまらず涙を流す長太の頰を、おなつが懐紙で拭いていく。

「長太さんが悪いことなんて、これっぽっちもないじゃありませんか。謝らなくたっていいんですよ」

「でも……」

「大丈夫、竹村伊勢のご主人が、料理帖を盗まれたと言っているわけではないのだし、実際、捨作さんはそんなことはしていない。いずれは妙な噂は消えます。味のわかるお客さまたちが、竹村伊勢の菓子を食べ、うちの菓子を食べ、どちらも違うものであり、どちらも別の美味しさがあるとわかってくださる。きっと近いうちにそうなると信じましょう」

「……ほんとうに、そうなるかな」

「ええ、きっと」

膝を折り、長太と目線を合わせていたおなつは、相手の手を取った。火傷だらけで傷ついた手のひらの感触が、やはり、先日の甘藷煎餅作りで軽い火傷を負ったおなつの手にも伝わってくる。

長太の手は、吉原で懸命に生き抜こうとしている者の手だと、おなつは思った。

一見華やかな吉原の影に、数え切れない厳しさや苦労、不幸がある。長太の手もそのひとつなのかもしれない。だが、不幸だからといって不貞腐れてばかりはいられない。不幸から這い上がらなければならない。

苦労を重ねてきた子どもの手。

この手のひらで生み出されるものが、将来、吉原を訪れる人々を幸せにしますように。皆を楽しませることができますように。苦労が報われますように。

そう願いながら、おなつの目からも自然と涙がこぼれ落ちる。

「長太さん、わたしね、赤ん坊のときにこの蔦屋の前で拾われたんです。長太さんと同じで家族はいなくて、ほかに行くところなんてないんです」

「………」

「でも、信じたいんです。ここにしか居場所がないのではなくて、ここに来させてもらったんだって。そして、わたしを受け容れてくれた蔦屋の人たちに、少しでも恩返しがしたい。役に立ちたいんです。ここで女中働きをしながら、捨作さんに菓子作りを習って、ゆくゆくは、自分の菓子を拵えて、店に並べられたらとも願っています」

長太は、まっすぐにおなつを見返してくる。おなつと、己の身の上を重ねているのかもしれなかった。

「わたしは、いまの居場所で頑張っていきたい。長太さんも、そうしてくれるなら、とても心強い」

「うん……おいらもだ」

曇っていた長太の表情が晴れやかになった。

「おいらも、竹村伊勢で、精一杯やってみるよ」

空いっぱいにたちこめていた鈍色の雲の隙間から、かすかに春の日差しが差し込んだ。


五十間道蔦屋で、重三郎がふたたびお座敷を頼んできたのは、春めいた気配が濃くなってきたある日のことだった。春の節句も間近になり、朝晩の冷え込みもやわらぎ、ふと気づくと、春の花のかおりがどこからともなく漂ってくる。そんな昼日中だ。

この日、重三郎があつらえたお座敷に呼ばれたのは、たったひとりだけだった。おそらくは重三郎と同年代、二十五、六歳の男。きれいに本多髷を結い上げ、ぞろりと裾の長い羽織をまとった、いかにも洒落者の若旦那風だった。

重三郎とともに座敷にあがっていったのは、たしかにひとりだ。だが若旦那風は、供の者や荷物持ち総じて五名ほどぞろぞろと引き連れてきた。当のお供たちは、主人が座敷で飲んでいるあいだ、蔦屋の裏でおとなしく待っているのである。

店のまわりの掃き掃除をしていてその様子を見たおなつは、店に戻ったあと、いったい誰が来たのかと、蔦屋のおかみであるお栄に尋ねた。

「あの方は、竹村伊勢のご当主だよ。さ、掃き掃除が終わったなら、はやく銚子を二階へ運んでおくれ」

酒の銚子を載せたお盆を渡されたおなつは、二階に上がる階段の手前で、重三郎と差しで飲んでいる男の正体を明かされた。

おなつは、驚きに目を丸くして、お栄に問い返した。

「えっ、お二階にいる、あのぼっちゃん……いえいえ、あの方が、竹村伊勢の旦那さま？」

「そうさ、まるで遊びたい盛りの若旦那みたいだろう。重さん相手に、楽しそうに飲んでいるよ。のほほんとして、妙に陽気で、いかにも苦労知らずって感じだ。人は悪くないんだろうけど……でも、外で待っているお供の数を見たろう、あれはよくないねぇ」

「よくないとは？」

「あんなふうに大人数の供をつけろといったのは、父親か、母親なのか。いずれにしても手厚く守られすぎてる。周りを見えなくさせてる。あの様子じゃ、きっと、いま自分の店がどうなっているのかも、他所《よそ》からどう思われているのかも、知らないのだろうね。代替わりして菓子の味が落ちたとか、職人どうしが仲が悪いとか、見習いが苛められているとか、そんな悪い噂が立っていることだって、もちろん知らないだろう。ゆえに、あのぼっちゃんには、老舗の暖簾の重みだの、竹村伊勢の菓子を今後どうしていきたいかだの、大した展望はありゃしない。ただ、代々受け継がれてきたものを作っていれば、これまで通り、吉原の名物として売れつづける。そう信じて疑っていないのだろうからね」

お栄の口ぶりは、ちょっと意地悪だ。おなつは、お栄の話が二階に届きはしないだろうかと気がかりになった。

「おかみさん、少し声が大きいです」

「聞こえるように言ってやってるんだよ」

「おかみさんったら、もう。容赦ないんだから……」

「きつく言いたくもなろうさ。あんなだから、捨作さんのことだって、己の父親より年上で気を遣うからって、簡単に切り捨ててしまう。この頃広まっていた妙な噂のことだって、我関せずと放っておけるんだ。竹村伊勢の味を守り通したいなら、店を支えてきた老職人を無下には扱わないだろうし、老舗の暖簾を絶えさせたくないのなら、料理帖を盗まれたなんて間抜けで不名誉な噂話を放置しておけやしないはずなのにね」

つまり、お栄は、そんな呑気な竹村伊勢の主をもてなすのに、わざわざ蔦屋でお座敷をあつらえたのが許せないのだ。

「おかみさん、竹村伊勢とは、なるべく争いたくないんじゃなかったんですか？」

「あんたから、長太って子の話を聞いたとき、そんなことはどうでもよくなった。先がある若い子を苦しませて、そのことを主人が気づかないなんて、見て見ぬふりはできないんだよ」

階段の下でおなつたちが話し合っていると、やはり、お栄の甲高い声が届いたのだろうか。二階のほうから、襖を開ける物音が聞こえてくる。

階段の上から、重三郎の愉快そうな声が降ってきた。

「おぉい、おなつ。そこにいるのかい？」

「はい、兄さん、いまお酒の追加を持っていきます」

おなつが慌ててこたえると、重三郎は「酒はもういいよ」と返してきた。

「それよりも、姉さんもそこにいらっしゃるな？　上がってきてもらいなさい。竹村伊勢のご主人が、お栄姉さんと話をしたいそうだから」

やはり、おなつとお栄の会話は、二階へ筒抜けだったのだろう。

ひやりと汗をかくおなつをよそに、お栄は妙に気張った顔をして、重三郎に促されるまま、二階への階段をのぼっていく。

おなつも、お栄の後につづいた。

階段をのぼりきった先、座敷へとつづく狭い廊下に立っていた重三郎が、お栄を座敷のなかへ招き入れる。おなつには敷居をまたぐ勇気がなかった。やはり廊下に立ったままの重三郎の影に隠れて、座敷のなかのやりとりに耳をすませた。

重三郎がもてなしていた竹村伊勢の主人の声は、くぐもってほとんど聞き取れなかったが、お栄のはきはきとした声だけが、廊下の外にまで響いてくる。

「捨作さんにかかわる噂のこと、重さんからお聞きになりましたか。そうですか、いままでご存じなかったのですね。普段からあんなふうにお供に囲まれていちゃ、耳障りなものなんて入ってこないでしょうから。いえいえ、噂のことで迷惑をかけたとおっしゃいますが、噂を立てたのは旦那ではないのですから、お気になさることはございません。はい、五十間団子は、また明日から売りに出すつもりです。味見してくださった方々が、美味しいと、また食べてみたいと思ってくだされば、噂なんてたちどころに消えてなくなるでしょう。その自信はございます。なんといっても、竹村伊勢を支えてきた捨作さんが、自ら考え、丹精込めて拵えた菓子ですから」

お栄の言葉は淀みない。廊下でおそるおそる耳を傾けていたおなつも、いつの間にか聞き入っていた。

「あなたさまがどんな職人を選り抜き、竹村伊勢の菓子をどうしていきたいのか。それは、旦那の胸ひとつ。手前どもも、竹村伊勢さんの胸を借りつつ精進し、ともに吉原を盛り上げていけたらと考えております。ただ……」

最後にひとつ。と、お栄は切り出した。

「甚《はなは》だ不躾《ぶしつけ》なことと承知はしていますが、最後に、これだけはお伝えしておきたく存じます。あなたさまはすでに、店の味を支えつづけ、後進を育ててくれたであろう老職人を失いました。このうえ、あなたの怠慢のせいで、店の今後を担う若い力まで失いますすな。いままで気に掛けてこなかった下の者にまで、万遍なく目を向けてやってくださいまし。そこにきっと、今後、竹村伊勢を盛り上げてくれる若者がいます。でも、その若者は、目をかけてやらないと、大事に育てていかないと、はかなく壊れやすいものなのです。すべては店を統《す》べる、あなたさま次第なのです」

お栄が言い切ったあと、座敷の奥からは、束の間の静寂につづいて、かすかに男のすすり泣きが聞こえてきた。

男は泣きながら、しずかに「肝に銘じます」と言ったようだった。

宵が迫ってきていた。三曲がりにくねった五十間道の先には大門がそびえたち、その奥では、煌々とした提灯の灯りがまたたいていた。やがて、夜見世のはじまりを告げる見世清掻の三味の音色が聞こえはじめる。

昼とはがらりと一変する、夜の闇に浮き上がってくる夢幻のごとき景観は、吉原のもうひとつの顔だった。

大門をくぐってすぐ、待合の辻に立っていたおなつは、竹村伊勢の主人を送り届けてきた重三郎が、人だかりを押し分けながらこちらに戻ってくる姿を見つけた。

「お見送り、ご苦労さまです」

「やれやれ、これをもって、あの噂の件は落着かな」

「また、兄さんに助けられてしまいました」

重三郎を労いながらも、おなつはふと考える。重三郎が、竹村伊勢の主人を座敷に招いたのは、ここ数日、蔦屋を悩ませていた問題を、きれいさっぱり解決するためだったのだろうか。

捨作のこと、妙な噂のこと、長太のこと。それらを知ったお栄が、竹村伊勢の主人に意見しに行くまで、見抜いていたのだろうか。

――だとしたら、すごいな。

おなつは、無数の行燈の光に照らされた、重三郎の整った顔を見上げる。いかにも柔和で、人当たりがよく、誰しもが見入ってしまう。そんな微笑をたたえた顔だ。

おなつもまた、重三郎の笑顔に魅せられていた。

魅せられながらも、数日前、耕書堂で垣間見た、重三郎と木村屋善八のやり取りを思い出している。

あのときの、重三郎の冷ややかな態度と、いまの柔和な笑顔は、まるで、昼日中と宵闇とで、まったく違う姿を見せる吉原の姿にも似ていた。

「ほんとうの兄さんは、どちらなのだろうか」

そんな疑問を心のうちにしまってから、おなつは、重三郎に笑い返す。

「おかげさまで、明日からまた菓子処をはじめられます」

「よかったな」

「ありがとう、兄さん」

どういたしまして、とこたえてくれる重三郎の表情も、声音も、やはり優しかった。

もしかしたら、重三郎が見せる優しさは、吉原を守るという意思を持った人たちと、身内にだけ向けられるものなのかもしれない。だが、おなつは、それでも十分だと思った。

重三郎が、己の信念を貫くために、どんなことでもするというのなら、おなつもまた、道を同じくしたかった。

光に吸い寄せられる羽虫のごとく、吉原の華と、粋と、魔性とに惹きつけられた人々が、つぎからつぎへと大門を潜ってやってくる。おなつと重三郎は、人波をかきわけつつ、仲ノ町の目抜き通りを歩きだした。

歩いている最中にも、すれ違う人々や、張り見世の格子越しから、「重三郎さん」「重さん」などと、親しみと熱を込めた声が、あちこちからかけられる。

おなつの目にも、重三郎の姿は、数多いる人々のなかで、いっとうかがやいて見えた。

「兄さんは、吉原になくてはならない人なんだ……」

「なにか言ったかい?」

「いいえ、なんでもないです」

「そうかい? ならば急ごうか。店番をまかせきりだった勇助が、腹を空かせて待っているだろう。騒動が落着した祝いに、今宵はとびきり美味いものでも食おうじゃないか」

ふたりが歩く行く手には、火除《ひよ》けの秋葉《あきば》権現《ごんげん》を祀る秋葉常灯明が、煌々とかがやいているさまが見える。無数の光と、人々の嬌声と、三味の音と、生あたたかい人いきれと、さまざまなものが入り混じった匂いと、すぐそばで感じる重三郎の息遣いに、おなつは目眩《めまい》をおぼえた。

吉原の長い長い夜は、はじまったばかりだった。

三　しんこ細工

春の節句を翌月に控えた如月《きさらぎ》の末。申刻《さるのこく》を過ぎた黄昏時——大門をくぐった先は、まるで夢幻の世界だ。

目抜き通りには桜の木が連なり、日暮れとともにいっせいに提灯が灯ると、下方から照らし出された桜の花が浮かび上がり、極楽浄土かと見まごうほどに美しい。

日頃から人出が多い吉原ではあるが、この時季は、さらに多くの花見客でごった返す。如月の終わりに人の手で植えつけられ、翌月——弥生《やよい》の晦日には根こそぎ取り払われてしまう、はかないほど僅《わず》かな間の、この世のものとは思えぬ艶やかな風景を、老若男女がこぞって見物にやってくるのだ。

おなつもまた、物心ついてから十数回この景色を見てきたが、いまだ見飽きることはないし、毎年胸が震えるほどの感動をおぼえる。

生まれながらの「吉原者」である、おなつは知っている。

吉原がただの極楽浄土などではなく、夜桜が絢爛《けんらん》と咲き誇る美しさの裏には、人々の業や欲、苦しみや哀しみが幾重にも積み重なっていることを。それでも、人の手で生み出された吉原の美は、おなつが知る限り、江戸随一だと感じるのだった。

「あぁ、夜桜の美しさといったら、この世のものとは思えないねぇ」

おなつに代わって嘆息するのは、おなつが連れている遊興客の男だった。

吉原大門の手前左四軒目、五十間道沿いの老舗引手茶屋――蔦屋。おなつがつとめる蔦屋でお座敷遊びをした客が、これから目当ての遊女に会いに行くのを、おなつが廓内まで送っていくところだ。

客の男は、蔦屋を訪ねてきたときも、蔦屋を出てここに来るまでも被り物をはずさないから、顔を見られたくないわけあり客なのだということは推察できる。だが、蔦屋の主人夫婦からは、客の素性は詮索無用と厳しく躾《しつ》けられているから、無用なことは尋ねないし、そもそも素顔などさして気にもならない。

なんといっても、大門をくぐってしまえば、そこから先は、現世の些末事も、身分もしがらみも、一切かかわりがない彼岸なのだから。

富士山形に蔦の葉の文様をあしらった提灯で足元を照らしながら、おなつは客にこたえる。

「ほんとうに、職人さんが植えているときはどの桜も蕾《つぼみ》だったのに、節句を過ぎると、いっせいに咲き誇るのだから、幾度見ても不思議で、見飽きることはありません」

「ほほう、そんなものなのかい」

「ええ、まるで、吉原の空気に触れて、すべての桜が息を吹き返すみたいに、いっせいに咲きはじめるんですよ。どういうわけなのか、職人でさえも知らないんです。吉原の桜には、吉原の桜にしかない、独特の息吹があるんじゃないかって、わたしは考えているんですけど」

「ふふ」と、客は上機嫌に笑った。

「おなっちゃんもなかなかの詩人じゃないか。さすがは蔦重の妹さんだ」

「お恥ずかしい」

「いや、それにしても、そういう不思議も、風情も、吉原でしか味わえない趣《おもむき》だってことだ。今日も楽しかったよ、おなっちゃん。蔦屋のご夫婦にもよろしく伝えておくれ」

「はい、たしかに。またのお越しを心よりお待ち申し上げております」

人の波をかき分けつつ、廓内仲ノ町の目抜き通りをしばらく進んだ先、通りの脇に

「江戸町」と書かれている用水桶が見えてきた。用水桶の隣に江戸町一丁目へと入っていく木戸があり、門をくぐってすぐのところに、『玉屋《たまや》』の大籬があらわれる。この日の客が目当てとしている張見世だ。

見世の前まで客を送り届けたおなつは、お土産として頼まれていた五十間団子の包みを手渡すと、玉屋の妓夫に客を預け、そのまま目抜き通りへと引き返していく。

こうして、おなつは一日のつとめを終えたのだった。

客を見送ったあと、おなつは、五十間道沿いにある蔦屋に帰るべく、大門の外に一歩足を踏み出しかけた。ところが、おもわずその場に踏みとどまったのは、後方から聞こえてきた歓声に誘われたせいだった。

「花魁道中かしら」

振り返ってみれば案の定、仲ノ町沿いの引手茶屋から、若い衆ふたりと禿ふたりを引き連れた遊女が、客の男とともに満開の桜の下を練り歩いているところだった。

花魁道中といえば、吉原屈指の名物である。道中を見るためだけに吉原を訪ねる者は、男女問わず引きも切らない。

当の客にとって遊女を連れて登楼することは、己の甲斐性を存分に見せつけられるものであるし、妓楼にとってもこの上ない宣伝になる。なにより、道中を行う呼出や昼三《ちゅうさん》と呼ばれる上位の遊女の美しさは、誰しもの目を奪って離さない。まさに現世を忘れさせる煌《きら》びやかな夢幻だ。

おなつも大門を出かけたところを引き返し、引手茶屋のまわりに押し寄せた観光客とともに、しばし道中に見入ってしまった。

「あれは……」

ごった返す群衆に紛れ、背伸びをしながら、おなつは道中を眺めた。

「三千歳さん？」

すでに道中は遠ざかりつつあり、一行の後姿しか見えなかったが、提灯をかざした若い衆に先導され、禿ふたりと揃いの孔雀の羽の模様をあしらった打掛をまとった、美しく、しなやかに歩む姿には見覚えがあった。

小柄ながら背筋がすっと伸び、大きく開いた襟からのぞく首筋は新雪ほどに白く、かつ品のあるたたずまい。引き連れている禿たちもひどく愛くるしい。京町一丁目の大籬大文字屋の呼出、三千歳に間違いないと思った。

「相変わらず、おきれいだ……」

道中を見送ったおなつは、ほかの遊興客たち同様に、ほうっとため息をついた。

三千歳とは、年が明けてすぐの頃に直に話をする機会があり、茶屋の女中見習いであるおなつにも丁寧に接してくれたものだ。その美貌と優しい心根に、同じ女性として、おなつは心酔している。

「あぁ、今日はいいものが見られた」

道中を見送ったあと。

いつか機会があれば、またゆっくり話をしたいものだと夢見心地なことを考えながらも、蔦屋へ帰るべく、もと来た道を引き返そうとした。

だが、そこでおなつは、ふたたび大門の前で足をとめることになる。四郎兵衛会所という見張りの面番所から、女性の金切り声が聞こえてきたからだ。

「あぁ、もう、花魁道中を見たかったのに、あんたのせいで行っちゃったじゃないの！」

耳に刺さるほどの甲高い声音に、顔見知りの門番と挨拶をかわしていたおなつは、おもわず声がしたほうを振り返った。

見ると、四郎兵衛会所の前で、もうひとりの門番と、遊興客らしい娘が、言い争っているところだった。

おなつは、門番と娘のことが気になり、なかなかその場を動くことができなかった。会話を聞きかじるに、どうやら吉原観光で訪ねた娘が、通行証である切手を持っておらず、門番によって「切手のない女性は通せない」と引き留められているらしい。切手を持っていないという娘は、おなつと同年の十五、六くらいに見えた。その娘が、なおも門番に元気に食ってかかっている。

「だから、あたしの切手は一緒に来た子たちが持ってるって言ってるじゃない。この人ごみではぐれてしまっただけ。きっと、あたしの切手も持ってみんな廓内に入っちゃったんだわ。だから、なにも切手なしで忍び込もうってわけじゃない、連れを見つければ切手はあるんだから、お願い、ちょっとでいいから廓内に入れてよ」

「そうはいかねぇよ。連れ合いがいるってのも嘘くせぇ」

「嘘じゃないわよ、けちんぼ！」

そう叫んで、元気のいい娘は、立ちはだかる門番の片足を踏みつけた。すると門番はますます躍起になってしまい、娘を門の外へ追い出そうとまくしたてる。娘の体を羽交《はが》い絞めにし、力ずくで追い払おうという体勢だ。

すると、門番に羽交い絞めにされた娘が、唯一自由になる首を動かし、おなつのほうを向いて大声をはなったのだ。

「なによ、あの子だって、いま切手を見せないまま門をくぐろうとしたじゃない。どうしてあたしだけ駄目なのよ！」

突如、騒動に巻き込まれたおなつは、しどろもどろになって、顔見知りの門番に目配せをした。

「あの……わたしは……」

「あの子はいいんだ。吉原の子で身許《みもと》もわかっているんだから。正体のわからない他所の女は、なんといわれようと切手なしでは通すわけにはいかねぇんだよ、ましてや若い娘は！」

そうなのだ。大門を通るとき、決まりとして女性は身分証の切手を提示しなければならない。女性だけなのは、廓内から、町娘に変装した遊女が逃げ出すのを防ぐためだ。だから、若い女は特に切手の確認が肝要となる。おなつとて同様で、切手は肌身離さず持っているのだが、番所の人間とは幼い頃からの馴染みなので、特別に許してもらっているだけだった。

だが、連れ合いとはぐれたという娘は、納得がいかない。

「いやだ、あの子だけが特別だなんて狡《ずる》い！　あたしだって花魁道中が見たい、夜桜が見たい、美味しいもの食べたいし、お洒落なものを見たいし、地元の幼馴染たちに自慢したい。贅沢するためにお小遣いをためてきたのにあんまりだよ！」

「うるっせぇな、この小娘……」

喚《わめ》き声にうんざりとした門番が、おもわず羽交い絞めを解くと、その隙をついた娘は、立ちつくしていたおなつの背後に素早く回り込んだ。

娘は、おなつの耳元でささやきはじめる。

「ねえ、あんたからも言ってやってよ。あたしは怪しい者じゃないしさ、ちょっとくらい廓内を見学させてやってくれって」

「えっ、わたしが？」

「あんた、門番たちに顔がきくんでしょ？」

「顔がきくとかそういうことじゃ……」

あらためて間近で見ると、切手を持ってないという娘は、日焼けはしているものの、潑剌《はつらつ》としたかわいらしい顔立ちをしていた。日焼けをしているのは、どこかの村で野良仕事をしているからだろう。いでたちは、よくある藍染小紋の着物姿だが、内着だけには淡い朱色を差し、ところどころの綻《ほころ》びも丁寧に繕《つくろ》ってあり、娘なりにめいっぱいのお洒落をしてきたのだと知れる。

農村の娘が、お小遣いをためて、やっとのことで吉原観光に来たというのはほんとうなのだろう。そんな娘に、吉原で起きたことを苦い思い出にしてほしくない。おなつは考え、つい懇願していた。

「六太さん」

おなつは、顔見知りの若い門番に訴えた。

「わたしが離れず付き添うから、この人をすこしだけ廓内に入れてあげてくれないかしら」

「本気かい？　おなっちゃん」

先ほどまで娘を羽交い絞めにしていた若者――六太が、呆れ顔で問いかけてきた。

「そんなことがばれたら、蔦屋のご主人に……いやいや重三郎さんに、こっぴどく叱られちまうぜ」

「ほんのすこしの間だけよ。ね、お願い」

「……仕方ねぇなぁ」

困り果てた様子で耳の後ろをさすっていた六太が、しぶしぶながら折れた。

「おなっちゃんの頼みだから、特別だぜ」

門番の六太は、必ず最後までおなつが付き添うこと、時間は一刻だけという制約つきで、おなつと娘が廓内に入ることを許してくれたのだ。

連れ合いとはぐれたという娘は、「ありがとう！」と言って、おなつの首に腕をまわしてしがみつく。

「ありがとう、ありがとう、あんたいい人ね。一生恩に着る」

「一生だなんて、大袈裟ですよ」

「大袈裟じゃない。だって、あたしらはめったに吉原になんて来られないんだもの。子どもの頃から話に聞いて憧れていたの。かといって子どもだけじゃ来られるわけないし、やっと自分たちだけで来られる歳になっても、そうなれば、いずれ嫁に行く話だってあるでしょう。嫁に行けば、亭主と子どもの世話で吉原見物どころじゃない。いましかないと思ったの。この世のものとも思えないほど、きれいで珍しいものを見られるのは。だから、あんたは恩人なのよ」

日焼けした顔に満面の笑みを浮かべながら、娘は、自らを「しな」と名乗った。

「あたし、しなっていうの」

「わたしは、なつです。ほんのすこしだけど廓内を案内しますね。行きたいところがあれば遠慮なく言ってくださいな」

「ほんとうに？　それじゃあ……」

おしなは、まっさきに廓内の夜桜見物をしたいと願い出た。仲ノ町の目抜き通りを水道尻までひと通り流し、満開の桜をめでつつ、終点で火除けの秋葉権現を祀る常灯明に詣る。その頃になると日は暮れ切って、各妓楼の張見世前では男女の語らう姿が目立ちはじめた。おしなは、それらの様子をすこし恥ずかしそうに、しかし興味津々としばらく眺めていた。

つぎに、吉原土産を見たいと言うので、仲ノ町沿いにある反物屋で豪華絢爛な品をすみずみまで眺めてから、つづいて小間物屋にも立ち寄り、耕書堂蔦屋で「吉原細見」を一冊求め、さらに江戸町二丁目にある竹村伊勢で名物の「最中の月」を購う。

こうしている間にも、じきに一刻が経とうとしていた。

「あぁ楽しい、夢みたい」

両手に土産物を抱えたおしなは、満足げにほうっとため息をついている。

「さすがに反物は無理だったけど、ほかに欲しいものは手に入れたし。見るものすべてきれいだし。いい土産話もできたわ」

「楽しんでもらえてなによりです」

「もうじき一刻ね、名残惜しい。おなつは羨ましいなぁ、ずっとこんな場所にいられて」

「そうかしら」

「だって、こんな美しい街並みを毎日見ていられるんでしょう」

「わたしも毎日廓内に来ているわけではないんです。五十間道にある引手茶屋の女中見習いをしているのだけど、そこの手伝いだけで忙しくて。廓内に入るときは、お遣いとか、お客さまを送っていったりとか」

——後は。と、おなつは少し間をおいてから、言葉をつづける。

「廓内にいる義理の兄さんに会いに来るときとか」

「義理の兄さんって、さっき寄った耕書堂の人でしょう?」

「えぇ」と、おなつは頷いた。

「兄さんも、もともと五十間道で一緒に暮らしていたのだけど、昨年からあの店を構えて、切り盛りをしているんです」

先ほど、吉原細見を求めに耕書堂を訪ねたとき、店番をしていた勇助の背後で、重三郎は別の客と商談をしているところだった。こちらから声をかけることはできなかったのだが、吉原細見を手に入れて店から出ようとした間際、重三郎がおなつたちのほうに会釈をしてくれたのだ。

「あの奥にいた人ね。色白で、きりりとしていて、黒羽織がよく似合って、錦絵からあらわれたって言っても信じられるくらい素敵だったわ。吉原みたいにきれいなところだから、あんな粋な人ができあがるのかしらねぇ」

重三郎の姿を思い返しているのか、おしなはうっとりとしながら吉原細見を抱きしめている。重三郎のことを褒められると、おなつも悪い気はしない。なにより吉原を美しいと言ってもらえることは、やはり嬉しかった。

仲ノ町の目抜き通りを大門へ向かって、ふたりは肩を並べて歩いていた。煌々とした灯りに照らされた眠らない町を眺めながら、おしなは、ふと寂しそうな声をもらす。

「でも、そろそろ夢も覚める頃合い。もう帰らないと……連れ合いもあたしがいないのに気づいて、大門あたりで待っているかもしれないし」

「今度は連れ合いの人たちとはぐれないよう、ゆっくり見物に来てくださいね」

「そうね」と、おしなは白い歯を見せて笑う。

「また来られるといいな。今日は花魁道中を見られなかったから、つぎこそはきっと見たいもの。さぞやきれいなんでしょうね」

「ええ、それはもう目も眩むくらいの……」

おなつがこたえるそばで、道端にかたまっていた遊興客のあいだから歓声があがった。

おなつとおしなは、騒ぎの渦中にある場所に目を向ける。

「ねぇ、おなつ、あれってもしかして」

おしながが、おなつの腕にしがみついて興奮気味に揺さぶった。おなつもまた、おしなの手を取り頷き返す。

ふたりの視線の先では、まさに、おしなが見たがっていた花魁道中が行われていた。ごった返す人垣が自然と押し分けられ、その合間を、花魁が八の字を切って堂々と練り歩く。

遠目にもよく目立つ長身の花魁だった。黒地に桜花模様の打掛姿が、丈高くすらりとした肢体によく似合っている。先刻、おなつが見かけた三千歳に比べて、やや険がある面立ちだが、涼しげな雰囲気がまた魅力だった。

両隣に禿ふたりを従え、さらに後方を「大文字屋」と書かれた箱提灯を掲げた若い衆がついている。大文字屋から来た一行ということだ。

一行は、慣れた足取りで通り沿いの引手茶屋に入っていく。茶屋には馴染み客が待っているはずで、それを迎えに来たところなのだろう。

涼しげな魅力ある花魁をひとりじめする果報者はいったい誰だろうと、感嘆と嫉妬とが入り混じった歓声がほうぼうからあがるなか、手を取り合って感動をわかちあっていたのは、おなつとおしなだ。

「す、すごいよ、道中を見ちゃったよ、おなつ！」

「きれいでしたね！」

帰る間際になって、諦めかけていた花魁道中見物ができたわけだ。おしなは「すごい、すごい」と歓声を上げ、いまにも飛び上がりそうな喜びようだ。

「こんな遠くから見ても、この世のものとは思えないくらいきれいだった。打掛も豪華だし、前帯も華やいでいて、簪《かんざし》もいったいいくつつけていたのかしら。どこから見ても煌めいていて、眩しくて。あぁ花魁ってまるで観音様みたい」

「ほんとうに」

「ねぇ、おなつは、あの花魁の名前知ってる？」

「えぇと……顔ははっきり見えなかったけど。大文字屋の提灯を持っていたから、大文字屋のお上臈さんのはず」

「吉原細見にも名が載っているかもしれないわね。きっと大文字屋でも売れっ妓なんでしょうね」

「茶屋までこうして道中をするのは、きっとそうですね」

仲ノ町通り沿いに建ち並んでいるのは、主に茶屋だ。茶屋は、遊興客が妓楼にあがるための予約を受け付け、案内する所だ。客はまず茶屋に上がり、食事や着替えを済ませ、贔屓の遊女が迎えに来るのを待つ。あるいは、茶屋の者に案内されて妓楼へ赴く。茶屋まで客を迎えに来るのは、昼三や呼出と呼ばれる高級遊女のみだ。迎えに来る途中、花魁道中を披露して自らを演出するのだ。

「見られてよかった。一生の自慢だよ。ありがとう、おなつ」

こうして念願叶って花魁道中見物もできて、廓内の散策と買い物を満喫したおしなは、おなつとともに四郎兵衛会所に戻ってきた。

番所の前では、時を見計らった門番の六太と、おしなの連れ合いらしい同年代の娘がふたり待ち構えていた。おしなの切手を持っていたのは、たしかに連れ合いだったという。三人は、竜泉寺《りゅうせんじ》より東に広がる金杉村《かなすぎむら》から来たとのことだった。

六太は、おしなの手荷物をあらためたあと、「こんな我儘は二度と聞かねぇからな」とぶつくさ言いつつ、意外な親切さで、金杉村の娘たちを大門の外へと見送ってくれていた。

大門を出た去り際、連れ合いとともにおしなが振り返り、おなつに手を振ってくる。

「おなつ、今日はありがとう。とっても楽しかった。もし来られたらまた会おうね!」

おなつも「ぜひ、また来てね」と手を振ってこたえた。

十五、六の娘たちが黄色い笑い声をもらしながら、肩を寄せあって衣紋坂を歩き去っていく。

大門を出るとき、人々は彼岸から此岸へと戻っていくのだ。

つい先ほどまで感じていた煌びやかな光も、甘い香りも、たちこめていた熱気も、耳に涼しい音色も、一歩外へ出た瞬間にすべて別世界のものになる。

それでも、此岸に帰っていくとき、客たちが楽しそうな様子だと、おなつも嬉しくなった。

おなつたち狭間に暮らす五十間道の人間は、双方の世界の橋渡しをするのが役目だ。吉原を訪れた人たちが満足してくれるならば、おなつもまた、いい仕事ができたと感じることができた。

吉原者として、誇らしかった。


吉原に桜が咲き誇る時節、廓内はもちろん五十間道で引手茶屋を営む蔦屋もまた、客の出入りが日頃より多く、主人夫婦から下足番の小僧まで大わらわだ。

特に弥生の三日は、上巳《じょうし》の節句といって紋日《もんび》でもある。吉原の稼ぎ時だ。登楼する客は「昼夜をつける」といって普段の倍の揚代を支払い、各所へ祝儀も配ることになる。紋日にわざわざ通ってくる客は、めいっぱいの見栄を張り、迎える側も精一杯に客をもてなそうとする。

女中見習いという立場のおなつもまた、店の掃除、お座敷準備の手伝い、客の接待、送り迎え、その合間を縫って『菓子処つた屋』の商いまでこなさねばならず、目が回るほどの忙しさだった。

『菓子処つた屋』では、桜見物のお供として、土産物の団子が数多く売れていくので、近ごろでは夕刻になる前には売り切ってしまうことが多い。

団子の売れ行きが好調なのは、おなつも嬉しいことだ。ただし、ここまで忙しいと、自分の時間などほとんどない。菓子職人である捨作に、菓子作りの修業をつけてもらう余裕がほとんどないのが残念だった。

そんな忙しない毎日を送るおなつに、とある話が舞い込んできたのは、上巳の節句が翌々日に迫ったときのことだった。

「大文字屋のご主人が、あんたに話があるというから、ちょいとこれから行ってきておくれ。ほかの女中や捨作さんにも話は通してあるよ」

蔦屋のおかみ、お栄に言われたのは、その日の団子をすべて売り切った午後のことだ。

大文字屋とは、京町一丁目にある大籬で、そこの主人がおなつに用があるという。

蔦屋の女中見習いであり、菓子職人捨作の見習いでもあるおなつは、菓子処を店じまいしたあと、店の掃除や菓子作りの道具を洗うのが日課なのだが、今日はそれをやらなくてもいいという。

お栄の言いつけに、おなつは、「はい」と素直に返事をする。だが、首をかしげずにはいられない。

「いったいどんなご用向きでしょうね。わたし、大文字屋のおかみさんとは一度お会いしたことがありますけど、ご主人とお話をしたことはないんです」

「さてね、どうしてお前をご指名なのか。なにはともあれ、今まで大文字屋さんとはあまり付き合いはなかったけど、これからうちを懇意にしてくださるかもしれないんだ。くれぐれも粗相のないようにしておくれよ」

「心得ました」

商魂たくましいお栄に念を押され、おなつは花見客でごった返す廓内に出向くことになった。

大文字屋といえば、今年の正月に知己を得た、三千歳が籍を置いている大見世だ。

三千歳は見世で一、二を争う売れっ妓ながら、けっして偉ぶらずおだやかな為人《ひととなり》で、おなつ相手にも優しくしてくれた。おなつが拵えたいびつなしんこ細工を気に入ってくれたこともあり、いつかまた会いたいと思っていたところだ。

「もしかすると今日もまた、三千歳さんから、新しいしんこ細工のご用命があるのかもしれない」

そう思うと、自然と足取りも軽くなるというものだ。

日中の疲れも忘れ、意気揚々と大文字屋を訪ねたおなつだったが。

「おいおい、ずいぶん遅かったじゃないか。まったく困るよほんとうに」

大文字屋の内所で、苛立たしげに待ち構えていたのは、大文字屋の主人市兵衛という男だった。

市兵衛は、南瓜《かぼちゃ》みたいに大きな頭が特徴の小男だ。挨拶もそこそこに「困った困った」と繰り返し、おなつを自らの前に座らせる。

「遅くなりまして、申し訳ありません。五十間道蔦屋のなつと申します」

おなつとしては、話があってからすぐに駆けつけたつもりだったのだが、お栄から「粗相のないように」と言われているので、おとなしく頭を下げる。その間にも、市兵衛は大きな南瓜頭を揺らしつつ、

「来てもらってさっそくだが」

と、忙しなく本題に入った。

「おなつさん、いや、おなっちゃんと呼ばせてもらおうか。あんた、あれだろ、うちの三千歳から聞いたよ。蔦屋さんで菓子職人の修業をしているんだってな」

「はい、まだまだ見習いですが。竹村伊勢の職人だった捨作さんに、お菓子の作り方を教わっています」

「三千歳と禿たちに、しんこ細工を拵えて持ってきてくれたってね」

「はい、さほど上手にはできませんでしたが」

「狸のしんこ細工だったとか」

「……子犬です。あとは、申《さる》と猫も」

「まぁ、狸も子犬も申《さる》も猫も、耳としっぽがついていれば似たようなものだろう。大した違いはあるまい」

「はぁ……」

大した違いだとは思うが、ここはあえて逆らわない。粗相は決して許されないのだ。

おなつは、市兵衛のつぎの言葉を待った。

市兵衛は、やはり慌ただしい様子で「じつは困ったことになってねえ」と、やはり「困った」を繰り返しながら、用向きをおなつに告げた。

「今日来てもらったのはほかでもない。おなっちゃんの菓子作りの腕を見込んで、困りごとをどうにか解決してほしいんだよ」

「わたしは、いったいなにをすれば？」

「じつは、しんこ細工を拵えてもらいたいと思っているんだ。できれば、明日中にでも届けてもらいたい」

やはり、しんこ細工作りの依頼だった。喜んだのも束の間、おなつはすこし怯む。明日までにとは、また急な話だったからだ。いったいどんな細工が入用なのだろうか。この時季だと、鶯《うぐいす》などだろうか。あるいは鶴亀などの縁起物か。

しんこ細工は、お座敷の飾り菓子にもなるし、いずれ屋台で売り物としても出したいと考えているもののひとつなので、修業のためにも、依頼が舞い込むのは嬉しい話だった。とはいえ、未熟なおなつの手によるものだから、あまり難しい題材でなければよいとも思う。

少し迷ってから、おなつは弱々しくこたえた。

「お引き受けしたいのは山々ですが、あまり手の込んだものだと、明日までにできるかどうか」

「なぁに、さほど手は込んでいないよ」

「いったいなにを拵えればよろしいので？」

「頼みたいのは、これ、これだよ」

言って、市兵衛はおなつに向かって、自らの左手を突き出してきた。ついで右の手で、左手の小指のあたりを指し示す。

おなつは、すぐに意味を汲み取ることができず、まじまじと市兵衛の左小指を見つめてしまった。

「これ……とは？」

「指だよ、指」

「指？」

問い返す声が、おもわず裏返る。

対する市兵衛のほうは、「そんなに驚くことがあるかね」と呆れ顔だ。

「しんこ細工で、人の指を拵える。どうしてそんなものが入り用なのか。吉原者なら承知していてもらわなきゃ」

「はて……」

「知らないの？　困るねえ、指のしんこ細工といったら切指《せつし》だろう、『心中立て《しんじゆうだて》』のための。できるのか、できないのか？　無理だと言うならすぐに他の人間に頼まなけりゃだから、いますぐこたえておくれ」

市兵衛の南瓜みたいな大きな顔が、おなつの目の前にずいと迫ってきた。


吉原の男女の駆け引きに、「心中立て」という風習がある。

文字通り、遊女と客が愛を成就するために心中することが元々の成り立ちではあるが、いっぽう、遊女が客に対し、身を切って愛情の証を差し出す行為でもある。

「自分にはこれだけの思いがあるのだから、きっと会いに来てほしい」

と、客に迫るのだ。

いわば遊女と客との究極の駆け引きだった。

どんな証を差し出すかというと、体のどこかに客の名を彫ったり、剝《は》いだ爪を渡したり、起請文《きしょうもん》を書いて渡すなど、様々な方法があるのだが、究極が「切指」だろう。遊女が愛情を捧げる誓いの印として、己の指を切って客に渡すというものだった。

切指の方法はつぎの通りだ。

遊女が小指を木枕などの台に乗せ、指の上に刃物をあてがう。そこへ遣手《やりて》や番頭などが、刃物をあてがった指めがけて鉄瓶などを叩きつけ、指を切断したという。切られた小指は、その後香箱に入れられて、心中立ての相手に渡された。

とはいえ、実際に遊女の客はひとりきりではないし、数多いる客に対し、本物の指を切って渡していたら遊女の体がもたない。

そこで、遊女は自らの指に似せたしんこ細工を数本用意し、実際の指に見立て、「心中立て」をしているのがほとんどだった。

こうした風習は、紋日が近くなるとよく行われた。

紋日とは、節句や祝祭日など、紋付の式服を着る特別な日のことだが、吉原で紋日といえば、客が登楼する際に普段の倍の揚代や祝儀を振る舞わねばならない日だ。目当ての遊女に気に入られたい客は、紋日を選んで奮発して遊んでいく。遊女の誘いに応じない客は不実と後ろ指をさされた。

また遊女側にとっても、紋日は必ず客を取らなければいけない日でもある。

紋日に客がつかなかった遊女は、自分で揚代を払う「身揚《みあが》り」をしなければならない決まりだった。もちろん身揚りの費用は、自らの借金に加えられ、年季も延びるというわけだ。紋日には凝った衣装を作ったり、周囲へ祝儀も配らなければならないので、どんな手練手管を使ってでも、客がつかないという事態は避けたいのが本心だろう。

馴染み客を離さないための、切指――心中立てだった。

「なるほど、明後日は紋日。だから……」

言われてみれば、おなつも切指の風習について、話だけは聞いたことがあった。

大文字屋市兵衛は、「やっとわかったかい」と話をつづけた。

「わたしが知る限りの、ほかの菓子職人にも当たったんだけどね、いずれも手がいっぱいで無理だそうだ」

「ほかのお見世でも、いまごろ指の細工物が入り用ってことなんでしょうか」

「さすが蔦屋のお嬢さん、飲み込みが早くて助かる」

「………」

大文字屋がしんこ細工で拵えた指を求めているのも、自分などに声が掛かったのも、しかも急ぎであることも、おなつはすべて理解した。

だが、すぐに返事ができないのは、いまでも心中立て——切指の風習が健在で、実際に指を送ることがあることに驚いたからだった。

ひと昔前は、紋日がいまよりも多かったと聞く。ゆえに遊女たちの負担がずっと重かったのと、もっと気軽に遊べる岡場所を求め客が遠ざかったことがあったそうだ。

その頃ならいざしらず、紋日も減り、客足が戻って来たいまも、遊女の苦しい身の上は、さほど変わっていないのかもしれなかった。

おなつの脳裏に、つい先日見た、夜桜の下での花魁道中の様子がよぎった。あのとき見た遊女たちは、あんなにも堂々としていて、この世の誰しもが彼女たちに平伏しそうだったのに、実際は紋日を越えるのもひと苦労しているのだろう。客を呼ぶために、嘘でもなんでも、なりふり構わず最後の手段を取ろうとしているのだ。そんな遊女たちの助けに、少しでもなりたいと願わずにはいられない。

だからおなつは、

「承りました」

と、とっさにこたえていた。

「明日までに、切指を、いくつ拵えたらよろしいでしょうか」

「やってくれるかい、おなっちゃん！」

市兵衛がさらに膝を進めてきて、おなつの目の前で、南瓜頭をいきおいよく下げた。楼主とて、抱える遊女たちをつらい目に遭わせたいわけではない。市兵衛もきっと必死なのだろうと、おなつは感じ入った。

「はい、やらせていただきます」

「いやはや、半ば諦めていたが、頼んでみた甲斐があったってものだ。義理堅いのは蔦屋さん、並びに重三郎さんの教えの賜物だろうね、それでこそ吉原者だ。指の数は、いまから明日中となると、五本、拵えてもらうことはできそうかい？」

「はい、なんとか五本、頑張ってみます」

こうして、おなつは、指のしんこ細工作りを請け負うことになったのだが。

「じゃあ頼んだよ」と切り上げようとする市兵衛を引き留めて、おなつは、ずっと気になっていたことを問いただした。

「ところで……人の指を拵えるならば、その方の実際の指を、いちおう見ておきたいのですけど」

「あぁ、なるほど、そりゃそうだ。いや、焦ってしまってすまない。いまちょうど昼見世も終わって体が空いているだろう。当人に会っていくかい？」

「もしかして、切指をお求めなのは、三千歳さんでしょうか？」

「三千歳？」

市兵衛は、大きな南瓜頭をかしげてから、慌ててかぶりを振った。

「いやいや、違う。三千歳は違うよ」

「違うのですね？」

「もちろん。なんといっても、うちの三千歳にはね、さるお殿様の親族に名を連ねながら、いっぽうで風雅の道を極めた絵師の……いやいや口が滑った。とにかく、あの子には、切指なんて送り付けなくても、紋日には必ず訪ねてきてくださるいい人がいるんだからね」

「そう、ですか」

切指を欲していたのは、三千歳ではなかった。それがわかって、おなつは、ほっと胸をなでおろした。もしかしたら三千歳は近いうちに身請けされ、幸せな余生を過ごすこともあるのかもしれない。想像すると嬉しくなった。ところが、あることに気づいて、すぐに重たい気分になった。切指が必要ではない三千歳と、その同じ見世のなかで、紋日が迫っているなか急ぎ切指を工面しなければならない遊女がいるという皮肉に、気づいてしまったからだ。

切指を拵えるということは、紋日に客が来てほしいから送るのだ。つまり、必ず来てくれる客が確保できていないということ。そんな追い詰められた遊女の身の上を、おなつがすこしばかり肩代わりするということになる。

いまさらながら責任の重さに怯みはしたが、一度、請け負ってしまったことに否とは言えない。それこそ吉原者としてやってはならないことだと思った。

「では……」と、おなつは恐る恐る尋ねた。

「どなたの指を拵えるので？」

「客に切指を送るのは、うちの滝元《たきもと》だよ」

おなつは、滝元という昼三の位にある遊女に会うことになった。


滝元の姿に、おなつは見覚えがあった。しかも、ごく最近の記憶だ。

どこで滝元を見たかというと、数日前、おしなという娘と見た花魁道中でのことだ。切手のないおしなを連れて廓内を案内していたとき、帰りがけに、黒地に桜花模様の打掛姿の滝元の道中を見たのだ。すらりと丈高く、やや険のある、涼しげな目元をした美しい顔立ちもよく覚えている。

「あのときの……」

二階の奥まったところにある控え部屋にて。ひとりつぶやいたおなつは、我に返り、慌てて両手をついた。

「滝元花魁、五十間道蔦屋のなつと申します」

「わっちのことをお見知りでおざんしたか」

「はい、先日、道中をお見かけしました。とてもおきれいで、堂々としていて、おもわず見入ってしまいました」

「そう」と頷いた滝元は、口の片端を吊り上げて微笑した。険のある笑い方だった。

「せっかく褒めてもらったところ、恥をしのんで言いんすが、けっきょくあのときは馴染みに振られんして。茶屋で暇をかこっておりいした」

そう言う滝元は、今日の昼見世でも客がつかなかったのか、浴衣一枚だけを羽織り、襟元を大きく開けた姿で煙草をくゆらせていた。

自嘲する表情がすこし痛々しい。涼しげで美しいが、三千歳と比べてしまうと、年を重ねたがゆえの肌艶の荒みや、険のつよさが目立っていた。

おなつが返答に困っているのを見て、滝元は自嘲気味に笑ってから話題を変えた。おなつが、心中立てのための切指を拵えるのだと既に耳にしているらしく、そのことを尋ねてくる。

「おなつさんが、切指を拵えておくれだとか。紋日前の忙しいときに、災難でおざんしたなぁ」

「いえ、そんなことはありません。精一杯やらせていただきます」

「……精一杯ね、ふふ、ありがとう。でも、切指なんてもの、ないにこしたことはなかったわけでありんすが」

「………」

またも、おなつは戸惑ってしまうが、滝元はひとりで話をつづける。

「しんこ細工と言いんしたっけ、わっちもすこし知っとうおす。まだ、廓のなかに来るなんて思いもしなかった幼い頃、しんこ細工の屋台を幾度か見たことがありいす。お爺さんがひとりで切り盛りしていて、白い餅か団子みたいなものから、へらと手先を動かすと、鳥や犬猫なんかが形作られていく。それはみごたえがありんしたよ。ときどき、腹をすかしたわっちに、売れ残った細工ものを恵んでくれんした」

「そうだったんですね……」

「お爺さんが拵える細工物はかわいくて、夢みたいで。そして、食べたらなくなってしまうとわかっておりいすのに、空腹に耐えられず食べてしまったときは、かわいらしい子猫が目の前からなくなって、めそめそ泣いたこともありんしたっけ」

「懐かしい」と、滝元は遠い目をして、すこし苛立たしげに、つぶやいた。

「そんなわっちが、いまは廓のなかにいて、先日来てはくれなかった馴染みのため、切指を拵えてもらう。幼い頃だって十分つらかったが、さらに落ちぶれたものだとつくづく感じ入りいす」

「そんなことおっしゃらないでください。滝元さんはとっても美しくて、聡明で、馴染みのお客様だってきっと……」

「わっちらみたいな人間を食い物にして商売をする、五十間道の人間に、言われたくないでありんす。あんたらは、このあたりの楼主どもとなんら変わりないでありんすから」

ふいに出た滝元の言葉が、鋭い棘《とげ》となっておなつに刺さる。

おなつは、一瞬息を詰まらせ、なにもこたえられなくなってしまった。

滝元は乱れていた襟元を掻き寄せると、深くため息をついた。

「詮無《せんな》いことを言いんした……」

「いえ……」

「いずれにしても、お力添え、ありがたく思っておりいす。さぁ、わっちの指を見たいんでありんしたな、とくとご覧なさいまし」

「どうぞ」といって滝元は白い手を差し出してくる。

白くてほっそりとした指が目を引いた。

昔は、こんな美しい指を切り落とした遊女がほんとうにいたのだろうかと、おなつは、つい考えてしまった。

いざ切り落とすとき、本人はどんな気持ちだったろうか。体の痛みと、心の痛みは、どちらが重たかったろうか。

そして、客を呼ぶための切指を拵えなければいけない滝元は、皮肉のひとつでも吐き出したくなるほど、心細い気持ちでいるのではないかと察した。

おなつは、袱紗にしまってあった帳面と矢立てを取り出し、滝元の手の形を描き写しはじめた。

重苦しい沈黙が流れるなか、筆が帳面に擦れる音だけが部屋のなかに響いた。

すこし間が過ぎた後に、滝元のつぶやきが耳をつく。

「馴染みに振られつづけのわっちなぞ、いっそ、しんこ細工より、本物の指を切ったほうがよいのでありんしょうが」

おなつは、滝元にかける言葉が見つからなった。

五十間道の人間が、遊女たちを元手に商売をしていると言われてしまえば、その通りで、慰めの言葉など見つからなかったのだ。

だからこそ、真剣に模写をつづけた。丹精込めて切指を作りたいと思っていた。

腕は未熟で、精巧にはできないかもしれないが、精一杯のものを拵えたい。滝元の思いが馴染みに届くものにしたい。おなつは思いながら、滝元の指を描きつづけた。

模写がおわった頃は、酉の刻間近、もうすこしで夜見世がはじまる刻限が迫っていた。大文字屋の戸口や張り見世の前には、すでに遊興客の人だかりができている。

「急いで帰って、しんこ細工の材料をわけてくれるよう捨作さんに頼まなきゃ」

おなつは、慌てていた。内所に控えていた大文字屋市兵衛に暇を告げてから、下足番に草履を出してもらう間ももどかしいほどだ。

滝元の手前、切指を拵えてみせると見栄を切ったものの、期日は、明日の昼までだ。しかも五本用意しなければならない。夜なべで作業したとて間に合うかどうか。

「それでも、どうにか間に合わせないと」

滝元に直に会い、いまの苦境や、本心も知ってしまったいま、その思いはなおさらつよい。

やっと出してもらった草履をつっかけて、人波をかきわけておもてへ飛び出しかけた。だが、そこで二の足を踏む。

おなつがおもてへ出るより早く、いままさに見世のなかに入ってきた人物があったからだ。その男が足を踏み入れたとたんに、戸口まわりに群がっていた人だかりが、いっせいに左右に拓けた。

まずはその様相に驚いて、おなつは、自分の目の前に立ちはだかった男を見つめた。黒いばかりが印象に残る男だった。町人の風体だが二本差しで、身分不詳。年齢もよくわからない。壮年にも若くも見える。黒一色のいでたちのなかで、細面で青白い顔ばかりが浮いて見えた。あまりに暗い雰囲気をまとうが、目を背《そむ》けることができない存在感だ。

とらえどころのない影法師みたいな男だと、おなつは感じた。

「これは失敬」

影法師の男が、軒桁《のきげた》にも届きそうな高みからおなつを一瞥してくる。

見つめられるだけで気圧《けお》されてしまい、おなつは後ずさりしながら、戸口に群がっていた人々の顔を見回した。先刻まではしゃいでいた人々が、いっせいに押し黙り、影法師の男から目を逸らしている。

——みんな、どうしたんだろう。

賑わっていた戸口はすっかり静まり返っていた。

奇妙な静寂は、この男のせいだとはわかった。何者なのかはわからない。だが、おなつもそこはかとない恐怖を感じ、目の前の男のために道を開けた。

すると影法師の男は、にたりと笑いかけてくる。

「急いでいるところ、邪魔をしてすまないな」

「……いいえ、こちらこそ」

笑いかけられたのに寒気を感じ、おなつは、そうこたえるのが精一杯だった。

戸口まわりで息をひそめる人々など眼中にないとばかり、影法師の男が沓脱《くつぬぎ》までぬっと押し入ってくる。すると、さっそく異変を感じたのか、内所にいた、大文字屋の楼主市兵衛が飛び出してきた。

「矢野《やの》さま！」

矢野、というのは影法師の男のことらしい。

「これはこれは……突然のお越しで。いかがなさいました」

言葉は丁寧で、一見腰を低くしながらも、相手を見る市兵衛のまなざしは、いかにも忌々しそうだった。忌まわしいが、それでも無視はできない。見ないわけにはいかない。この世に存在するものには、かならず影が付き従うものだから仕方がないのだと、そんな気持ちが、市兵衛の態度にあらわれていた。

影法師の男は、相手の態度を気にしたふうでもなく、丈高い体を折って市兵衛に顔を近づけると、何事かをささやきかけた。その声は低く、沈鬱で、ふたりの一番近くにいたおなつにだけ、かろうじて聞こえてきた。

「大文字屋。書き入れ時にすまない。確かめることを確かめたらすぐに退散する」

「……へ、へえ、滝元のことでございますか？」

「ああ、まさかあいつを逃がしたりはしていないだろうな？」

「滅相もございません」

慌てて首を振った市兵衛は、すぐ側におなつの姿をみとめると、おなつの手を引き、ふたりの間に立たせた。

「いましがたも、この娘に、滝元の心中立ての手伝いを頼んだところでございますから」

「心中立て……？」

「へい、この子は菓子職人の見習いで、指を拵えてもらうんでございます」

「『切指』か」

「さようで」と、へつらう市兵衛の前で、矢野と呼ばれた男は、しばし考え込んだ。

丈高い背を折ったまま、暗い目でおなつの顔をのぞき込んでくる。

男は、ふいに、にたりと笑った。寒気をもよおす、あの笑いだった。

「わたしは矢野弾左衛門《だんざえもん》という者だ。お前が、切指を拵えると？」

「は、はい」

おなつはぎこちなく頷いた。相手が名乗ったのだから、こたえないわけにもいかない。

「蔦屋という引手茶屋で女中見習いをしている、なつと申します。女中勤めの合間に菓子作りの修業もしているので、このたび切指のご依頼を承りました」

「……蔦屋か。五十間道の」

「ご存じでしょうか」

「吉原者で、五十間道蔦屋を知らぬ者などおらんよ。近ごろ耕書堂をはじめた重三郎、あれも身内だろう。やつの名も聞かぬ日とてないからな。それはそうと、その蔦屋の女中が、わざわざ紋日を間近にして、切指を拵えてやろうだなんて酔狂なことだ。おおかた滝元が困っているからといって、人助けのつもりなのだろうが……」

お人好しだなぁと、弾左衛門と名乗った男は、くつくつと喉の奥で笑っている。

おなつは、むっと顔をしかめた。弾左衛門の笑いは、恐ろしくもあったが、それ以上に不愉快なものだった。

「もっとも、大文字屋が、お前のお人好しにつけこんだのだろうが」

「矢野さま」

弾左衛門の笑いと言葉を遮るように、市兵衛が慌てて身を乗り出してきた。

「切指は念のためというやつでして。とにかく滝元のことは我々が見張っておりますし、決してばかな真似は二度とさせませんから、ご安心を。紋日が明けましたら、あらためてお話をさせていただきます。今日のところはお引き取りくださいませ」

言って、自らの懐に手を入れた市兵衛は、袱紗を取り出し、すばやく弾左衛門の袖の下にしのばせた。

袖の下の重みを確かめた弾左衛門は、うそ寒い笑みを浮かべたまま大きく頷いている。

「そこまで言うならば、商売の邪魔にもなろうし、あまり煩《うるさ》いことは言わず退散するとしよう。ではまた紋日明けに。首尾よくいくことを祈らせてもらう」

「へい、また紋日明けに」

市兵衛が頭を下げる横で、おなつは、ふたりの会話に口を挟むことなく、大文字屋を飛び出していた。弾左衛門が吐き出す言葉も、市兵衛とのやり取りも、これ以上聞きたくなかったからだ。

「いまは、しんこ細工のことだけ考えればいい」

おもてを大股で歩きながら、おなつは自らに言い聞かせていた。市兵衛にどんな思惑があろうとも、それに矢野弾左衛門という謎の男がどう関わっていたとしても、滝元の馴染み客に届けるため、切指を明日までに拵える。それだけだと心に念じていた。

だから、背後に別の足音が忍び寄ってきたのを感じたときは、不愉快さを隠さず、つい険しい顔をして振り返った。

「弾左衛門さん、とおっしゃいましたか。どうして、わたしのあとをついて来るんです」

「もうすこしお前と話がしたくて」

おなつの背後に影のごとくついてきたのは、もちろん弾左衛門だった。

ふたたび前に向き直ったおなつは、仲ノ町へ出る木戸をくぐってから、桜が咲き誇る目抜き通りを足早に歩きつづけた。おなつは大急ぎで歩いているのに、背後の弾左衛門は、ほとんど音もなくするすると付き従ってくる。途中、行き交う人々が弾左衛門のことを決して見ないのは、黒一色のいでたちゆえにその存在に気づかぬのか、あるいは、あえて見ぬふりをしているのか。

おなつだけが、背後にへばりつく弾左衛門をちらと顧みてから、なおも足を止めることなく口を開いた。

「わたしに、どんなお話があるっておっしゃるんです？」

「どうして滝元に切指が要るのか、なぜ紋日間近になって、お前のほかに頼む者がいなかったのか。それを知っているのかと疑わしくなって」

さも親切そうに言ってくるのが、おなつには不快だった。

それでも、なぜか弾左衛門を無視できないのが、ますます腹立たしい。

「紋日はもう明後日ですもの。ほかの職人さんは手が空いていないから、まだ見習いのわたしのところに頼んできた。それだけでしょう」

「大文字屋の言い訳だ。ほかの職人は、手が空いてなかったわけじゃない。滝元の切指を作りたがらなかっただけだろう。誰も、馴染み客が受け取らないかもしれない切指など作りたくはない。遊女の苦労を肩代わりなんてしたくはない」

「どうして、滝元さんの切指を、相手の方が受け取らないと決めつけるんです?」

「以前、滝元が、ほかの男と駆け落ち心中しかけたからだよ」

はっとさせられ、おなつはおもわず立ち止まっていた。

背後を振り返る。弾左衛門が影法師のごとく、青白い顔を浮かべてたたずんでいた。

弾左衛門がにたりと笑う。おなつは、その笑みから目を逸らせなかった。

「……滝元さんが、駆け落ちを?」

「そうだよ。やっぱり大文字屋は、都合の悪いことは、お前にはなにも伝えていなかったんだ。まったくしようがないね」

おなつと弾左衛門は目抜き通りの端へ寄り、提灯の灯りの届かぬところで向かい合った。

おなつが戸惑っているうちにも、弾左衛門は話をつづける。

「滝元は、やや年嵩ながら、昼三という売れっ妓だ。ほんとうならば紋日だからといって、焦ることなんてないはずだった。だが、年が明けてから滝元はとんと暇をかこっている。金払いのいい馴染み客たちを蔑《ないがし》ろにする行いをしたからだ。年末のある日にね」

「年末に……」

「目をかけた若い男と懇《ねんご》ろになり、すっかり惚れ込んでしまって、駆け落ちしかけたんだよ。これは見世に対する裏切りであり、あの女を長いあいだ支えてきた馴染み客への裏切りでもある。駆け落ちは未遂で済んだが、噂はとどめておけるものではない」

「わたしは、駆け落ちのこと、ちっとも知りませんでした」

「蔦屋は、これまで大文字屋とはあまり付き合いがなかったからか」

「そういうこと、あなたは、よくご存じなんですね」

「吉原のことは、誰よりもよく知っている自負はある」

不愉快でも、見たくなくても、無視することはできない。おなつは、弾左衛門という男の奇妙な引力によって、話を打ち切ることができなかった。

「駆け落ちの話が広まったせいで、滝元さんは、馴染み客へ心中立てをしなければならなくなったんですね」

「そう。噂はまたたくまに馴染み客へ伝わり、当然のごとく滝元は忌避された。そして年が明けて、春の節句の紋日だ。客があがってくれなければ、滝元の借金はさらに嵩む。くわえて、もう若くはないことは本人も自覚しているから、いま借金が増えれば、もはや返し切ることはできないかもしれないと焦りも出る。一生、吉原からは出られないかもしれないとね。そんな行く先が見えてくるだろう。だから、一度は離れかけた馴染みたちを引き戻そうと必死なのさ。若い男との駆け落ちは、いっときの気の迷い。ほんとうの自分の心は、あなたの許にあるのだと。その証拠に心中立てをします、指をあなたに送ります、とね」

「……………」

「だが」と、弾左衛門は、くつくつと笑い声を漏らす。

「本気で馴染み客たちを振り向かせたいのだったら、本物の切指を届けなくていいのだろうかと、わたしなどは感じるけどね」

「本物の切指？」

おなつは震える声で問い返した。

「滝元さんに、ほんとうに指を切れと、あなたはおっしゃるんですか?」

「己がやってしまった過ちを鑑みれば、そのくらいの覚悟を見せてもいいだろうし、馴染み客たちだってそう考えるんじゃないのか。なにより、そうしたほうが、事が早く収まるんじゃないかって話さ」

たとえ事が収まったとしても、それは滝元以外のことだ。滝元は指を失い、一生治ることのない痛みと傷を背負う。

どうして、そんなむごいことを平気で言えるのか。

おなつは恐れと同時に怒りすら感じ、つい声を荒らげた。

「あなたは何者なんですか。どうしてそんなことを言うんですか。滝元さんたちとどんな関わりがあると?」

「滝元がおとなしく馴染み客に詫びを入れ、心中立てでもなんでもできることをして、いままで通りつとめをするのならことはない。だが、性懲りもなくまた若い男に入れあげ、駆け落ちを繰り返し、大文字屋に……ひいては吉原すべてに迷惑をかけることになったとき、あの女の身柄の後始末をつけてやるのがわたしの仕事だ」

おなつは背筋が凍りつく思いだった。目の前の男は、吉原の仕置き人なのだろうか。だから皆、忌々しくも、目を逸らせないでいたのか。

吉原で生まれ育ったおなつでも、こんな男がいるなんて知らなかった。いや、もしかしたら周りのおとなたちが、隠してきたのかもしれない。おなつも知りたくなかった吉原の闇が、いま目の前にあると、そう感じた。

「後始末って……？」

「後始末の方法は色々だ。だが、わたしとてそんなことは本意ではないし、なにより落ちぶれた遊女を見るのはしのびない。できればそんな事態にならぬことを祈っている。だから、大文字屋に釘を刺しに行っただけのこと」

しのびないとは言いつつも、もしものときは、滝元に温情をかけてやるつもりも、見逃すつもりもないのだと、相手の顔色を見れば、おなつにはわかった。

相変わらず、弾左衛門は不気味に笑っている。おなつはとうとう気分が悪くなってきて、相手から目を背けた。

「……話はわかりました。あなたが言うような事態にさせないためにも、すぐ切指を作らねばなりませんから。もう帰ります」

「お前が、滝元の苦労を少しでも肩代わりする必要はあるのか。どうせ、滝元からも心ないことを言われたのではないか。そこまでしてやる義理はあるのか」

「いいんです、わたしはなんと言われても。それより、本物の指を切ればいいなんて、よく言えますね。あなただって吉原者なら、吉原の商いの元になっている人たちを、助けたいって気持ちにはならないんですか」

「きれいごとだし、遊女を助けてやろうだなんて傲慢だな」

「どうして、そんなこと言われないといけないんですか。放っておいてください」

おなつには、もはや弾左衛門という男が何者でもよかった。これ以上は関わりたくなかった。弾左衛門という存在を知ってしまったが、ほかの皆と同じく、見えていても、見ないふりをすればよいだけのことだ。滝元との約束を守り、明日までに切指を五本作る。そして事がうまくいけば、二度と目の前の男に会わずにすむのだと自らに言い聞かせた。

背後にしのびよる影を振り切ろうと、踵《きびす》を返したおなつは、大門まで大急ぎで駆け抜けた。

もうついてこないでほしい。二度と会いたくない。そう念じながら。

四郎兵衛会所の門番たちへの挨拶もそこそこに、おなつは五十間道へと飛び出し、脇目もふらず走りつづけ、やっとのことで五十間道蔦屋の前までやってきた。

ここに至るまで、弾左衛門が追いかけてくるのではないかと気が気ではなかったが、振り返ってみても、その気配はなかった。やっとひと息をつく。

蔦屋の軒先に掲げられている提灯の明かりが、今日ほど心強く感じたことはない。

おなつは息を整えてから、蔦屋の戸口に足を踏み入れかけた。だが突如、目の前からぬっと黒い影があらわれ、まさか弾左衛門に先回りされていたのかと、おもわず悲鳴をあげていた。

「いやあっ！」

「おいおい、いったいどうしたんだ」

戸口の奥からあらわれた黒い影からは、聞きなれた声がした。おなつは我に返る。

軒先の提灯の下にあらわれたのは、よく見知った顔——おなつが、いま誰よりも会いたい人物だった。

「重三郎兄さん……？」

店の軒下にあらわれたのは、廓内で耕書堂を営む義理の兄、重三郎だった。

重三郎はおなつのすぐ間近まで歩み寄ってくる。

「ずいぶん遅い帰りじゃないか。そんなに慌てていったいどうした？」

「兄さんこそ、なぜここにいるの？」

「お栄姉さんに細見をいくつか届けてほしいと頼まれていたので、店を閉めてからこちらに寄ったのさ。おなつの帰りが遅いから、迎えに行こうかと思っていたところだ」

「そうだったの……」

やっと息が整ってきて、また提灯の灯りに目が慣れて、おなつはあらためて目の前の人物を見つめる。

重三郎はいつもと変わらず家紋をほどこした黒地の長羽織姿だ。それでも、先刻会っていた弾左衛門の影法師のごとき姿とは異なり、夕暮れのなかでもけっして暗く見えないのが不思議だった。

悲鳴をあげてしまったことを詫びたおなつは、「とにかくなかへ」と、重三郎に促され、蔦屋のなかに入っていく。玄関からあがり、廊下に漏れてくる部屋の明かりを目にして、安堵をおぼえるのだった。

内所へとつづく廊下を肩をならべて歩きながら、重三郎はあらためて尋ねてきた。

「いったいなにを慌てていたんだい。帰り道、酔っ払いに声でもかけられたかい？おなつも夜歩きは気を付けなけりゃいけないね」

「……そんなんじゃないんですけど」

なぜか弾左衛門のことを重三郎に話す気になれず、おなつはあやふやに返事をした。傲慢だと言われたのが悔しかったし、なにより重三郎という澄んだ水に、弾左衛門という濁りを混ぜたくはない。そんな思いが、おなつの心を占めたのだ。

おなつの気持ちを察したのかどうか、重三郎はすぐに別の話を持ち出す。

「そういえば、こうしてゆっくり話すのも久しぶりだ。先日、同い年くらいの娘さんをうちに連れてきてくれたときは、おいらは手が離せなかったから」

「あのときはお邪魔しました。細見を手に入れることができて、あの子も喜んでいました」

「あの子はどこの子だったかな。おいらは見覚えのない顔だったが。近ごろ、どこぞの見世に入った御新造だろうか」

「いいえ、見世の子じゃないんです」と、おなつはかぶりを振る。

「お花見に来た見物客なの。金杉村から来たと言ってました。廓の子じゃないんです」

「へぇ……おなつが、外から来た子と一緒だなんて珍しいじゃないか」

そこで、おなつはわけを話した。

同い年くらいの子――金杉村から吉原見物にやってきたおしなが、切手を持っていなく立ち往生していたところを、自分と一緒に大門を通らせてもらい、廓内を案内したのだと。

わけを話すと、重三郎から柔らかな笑顔が消え、深刻そうに眉をひそめた。

「……切手がない子を、わざわざ通したのかい？」

「切手がなかったわけじゃなくて、ほんとうはきちんと用意していたんです。ただ切手を預けていた連れ合いとはぐれてしまっただけで。帰り際、連れの人たちと落ち合ったけど、その子たちが、彼女の切手を持ってました」

「だとしても、切手を持っているだなんて、嘘かもしれなかっただろう」

重三郎は自らの顎のあたりを撫でてから、「やれやれ」と深いため息をついた。

そこであらためておなつは、「軽はずみなことをしてしまったかしら」と、心がずしりと重くなるのを感じていた。この世にいる誰に叱られるのが一番こたえるかというと、おなつにとって、それは重三郎にほかならないのだ。

「ごめんなさい……わたしが最後まで付き添っていればいいだろうと、甘く考えていました」

「うん、ちょいと軽率だったかもしれないね。身許《みもと》をよく確かめもせず、若い娘さんを出入りさせるものじゃないよ。今回は切手があったからよかったが、おしなって子が、万が一、許しもなく出入りしようとしていたのだったとしたら。足抜けしようとしていた遊女だったとしたら。ただ詫びて許されることではない。おなつにはもちろん、大門を通してしまった門番たちにもお咎めがあるし、蔦屋にだって迷惑がかかる。なにより、お前が吉原の人たちから信頼を失うんだよ」

「……そうですね、浅はかでした」

たまらなくなって、おなつはうつむいた。

吉原者としての信頼を失い、咎めを受ける。そんな事態になったときにこそ、先ほど会った影法師の男が、おなつの目の前にあらわれるのではないか。あの男が、自分に手ひどい仕置きを振るうのではないか。

なにより、重三郎から見放されるのではないか。

いつになく厳しい重三郎の叱責を受け、影法師の男からの辛辣な言葉も思い出し、おなつは、恐怖と恥ずかしさで、しばらく顔が上げられなかった。

「ほんとうに、もう二度としません」

しょんぼりとうなだれてしまったおなつの頭に手を置き、すこし口調をやわらげた重三郎が励ましてくれる。

「わかればいいんだよ。外の人に吉原見物をさせてあげたいって気持ちも、わからないでもないが。つぎから気を付けることだ」

「はい……」

おなつが返事をすると、廊下に漏れる明かりの先――内所から、お栄の声がした。

「おなつ、大文字屋さんから戻ったのかい」

店のなかは、すっかり静かだった。座敷の客はすべて廓内へ送り出したあとで、あとは夜明け前に妓楼へあがった泊り客を、当番の者が迎えに行くだけだ。通いの使用人はほとんど帰宅してしまったし、居候組も控えの離れに戻ったかで閑散としていた。いまだ内所に控えていた主人夫婦は、おなつと重三郎が戻ると、のぞき込んでいた帳面から顔を上げる。

「遅かったんだね、おなつ。重三郎さんを迎えにやろうかと迷っていたところさ」

「ただいま帰りました」

「で、大文字屋さんはどんなご用事だったんだい」

「……ええ、それが。急ぎの用事を承ってしまって」

おなつが冴えない顔色をしているのを察し、主人夫婦は顔を見合わせた。重三郎も、自分が叱ったのとはまた別の事情がありそうだと、おなつの様子をうかがっている。

「どうしたんだい？　大文字屋さんは、お前にいったいなにを頼んできたんだい？」

「じつは、ちょいと面倒なものを拵えなくてはならなくなって」

「あんたが拵えるってことは、お菓子、かい？」

「はい。しかも、明日の昼までにってことなんです」

「面倒な、菓子ねぇ……」

首をかしげたのは主人の次郎兵衛で、事態を察して眉をひそめたのは、おかみのお栄だ。

「まさか切指じゃないだろうね。えぇ、そうなのかい？　大文字屋め、おなつにとんだ重荷を……」

おもわず腰を上げかけたお栄をなだめたのは、やはり事情を把握した重三郎だった。

「まぁ姉さん。とにかく引き受けちまったものは仕方ありますまい。どんな頼み事でも、おなつが断ることができない性分だとわかっているなら、あちらへひとりでやるべきではなかったんだ」

「そりゃそうだが……」

「おいらも手伝いますよ。おなつだけに背負わせはしません。それに、ひとりよりふたりでやったほうが早く終わる。いや三人か。おなつ、捨作さんの手助けも必要だな？」

「は、はい」

矢継ぎ早に話が進み、おなつは呆気に取られながらも頷くばかりだ。

「ありがとう。でも、わたしが大文字屋さんから切指を頼まれたって、どうしてわかったんですか？」

「紋日も近いし、だいたいは。これについて大文字屋さんには言ってやりたいことが山とあるが、とにかく頼まれたものを拵えたあとだ。さっさとやっちまおう」

そう言って、重三郎は腕まくりをする。

お栄はというと眉をひそめたままだったが、重三郎のことを信頼しているのか、それ以上は止めなかった。ただ、「後日、大文字屋さんに意見をしに行くというのなら、あたしも一緒に行くよ」と、心強い言葉をくれる。

重三郎も素直に頭を下げた。

「そのときはお願いします。とにかく急ぎなので、すぐに取り掛かりますね」

おなつと重三郎は主人夫婦の許しを得てから、すでに離れで休んでいるであろう捨作を呼びに行った。

日中、書き入れ時で忙しかったであろう捨作だが、明日までに拵えたい菓子があると告げると、詳しいことは聞かずに了承してくれる。

「いま着替えていくから、先に台所へ行って、竈に火を熾《おこ》しておいてくれ。あと、材料はなにが要る？」

「上新粉が要ります」

「わかった、棚から要るだけ出して構わない」

「ありがとうございます。お疲れのところすみません、よろしくお願いします」

「おれは大して疲れちゃいないが」

おなっちゃんのほうがくたびれた顔をしてるがね、と冗談まじりに言った捨作は、やや気落ちした様子のおなつに笑いかけてくれる。その笑顔にすこし気持ちが楽になって、おなつはすぐさま台所へ戻った。

台所では、重三郎が、いったん火を落とした竈に薪を入れているところだった。おなつも薪をくべるのを手伝い、ついで上新粉を台の上に用意しておく。やがてまっさらな作務衣に着替えた捨作がやってきた。

前掛けをぴしりと結びながら、捨作は、あらためておなつに尋ねてきた。

「さて、おなっちゃんは、どこで、どんな菓子を拵えてくれと頼まれたんだい？」

「しんこ細工です。京町一丁目の大文字屋さんから。明日の昼までに納めるお約束です」

「なるほど、そいつはなかなか急ぎ仕事だ。で、どんな形をご所望で？」

すこしためらったあと、おなつは、自らの左握りこぶしを差し出し、小指だけをぴんと立ててみせた。

「指です。指をかたどった、しんこ細工を」

竈の前に立っていた重三郎は、「まったく厄介だな」と肩をすくめていた。

吉原のことに精通している重三郎のことだから、こんな依頼をしてきたのが滝元であることも、以前、滝元が駆け落ちをしかけたことについても、十分承知しているのかもしれない。だが、口に出しては、それ以上なにも言わなかった。

いっぽう捨作のほうは、戸惑ったふうもなく、飄々として、

「つまり『切指』ってこったな」

と相槌を打った。

「何本、入り用だと？」

「五本だそうです」

「やれやれ、当の遊女は、こんな切羽詰まった時期に、五人の馴染みにそっぽうを向かれたってことか。こりゃ気合を入れねばなるまいな。時もない、すぐに取り掛かろう」

「ありがとうございます」と、おなつは深く頭を下げた。

「わたしが安請け合いしてしまったばかりに。ご迷惑をおかけします」

「おなっちゃんのせいじゃないさ。遊女を助けてやりたいって気持ちも、わからんでもないからな」

廓内で長年菓子職人をやってきた捨作は、小さくつぶやきながら、火にかけた釜の湯加減をじっと見つめていた。

釜の湯が沸騰してから、すこし冷ましたあと。おなつは、鉢に取り分けた上新粉に、沸かした湯を差し入れ、粉を練りはじめる。

「捨作さん、上新粉、使わせていただきますね」

「納得いくものができるまで使って構わんよ」

おなつは、あらためて捨作に頭を下げた。

台所の棚にしまわれていた上新粉は、五十間団子を拵えるため、捨作があらかじめ大量に用意していたものだ。

上新粉を作るには、精白した米を水に浸し、笊《ざる》に引き揚げて水を切り、挽臼《ひきうす》にかけて粉にしたものを風通しのよい日陰で乾燥させてから、さらに篩《ふるい》にかけ、きめ細かい粉にする。こうした大変な手間がかかっている。

だから、上新粉を扱うおなつの手つきも慎重になる。

しんこ細工は、なにより上新粉の練り加減が重要だった。

練りすぎると『麩《ふ》』と呼ばれる状態になり、腰が抜けて細工しにくいほど柔らかくなってしまう。いっぽう加減をしすぎて『でっち』と呼ばれる弾力がつよいままにしておいても形が取り難かった。ほどよい腰と弾力があるタネ作りができるかどうかで、細工の出来栄えも変わる。

納得いく練り具合でタネが出来上がると、それを丸めて蒸し上げる。ここまでは、おなつもひととおりできるようになっていた。

蒸し上がって、表面に艶ができたタネを見て、

「上新粉の扱いはもう慣れたものだな」

と、捨作も太鼓判を押してくれる。

タネが出来上がるまでに既に夜は更けていて、いよいよ細工をする段階だ。

おなつは懐にしまっていた帳面を取り出し、描き写してきた滝元の手をあらためて見つめた。

帳面を見てだいたいの大きさを決めたのち。タネをいくつか団子状に切り分け、そのひとつを手に取り、いざ成形をはじめる。まだ熱を持っている団子を、冷めないう

ちに指の形にしなければならない。

　捨作が、おなつを促した。

「手ほどきをしてやるから、おなっちゃん、やってみな」

「はい」

　大きく頷いたおなつは、粘り気があるタネが手につくことを防ぐため、自らの指に丁髷油をすこしなじませてから、帳面と見比べつつ、捨作の指示を受けながらも自らの手を動かしはじめた。

　まずはおおまかに指の形を成形していく。それから捨作の指図の通りに、台の上に用意してあったへらと鋏のうち、まずはへらを手に取り、表面を滑らかにならしていく。ついでへらを鋏に持ち替え、指先の部分になるところをつまみ、引っ張り、細長くしなやかな形に整えていった。

　形を整えたあと、再度へらに持ち替え、全体のきめ細かい肌質を出すために力加減を変化させつつ、へらを滑らせていくことが難しかった。

　いざ指の形ができても、仕上げを怠ればひどくいびつになり、かといって時をかけすぎては表面がひび割れる。

　丁寧に、かつ手早く、へらを動かしながら、おなつはふと考える。この指にかけた思いが、ほんとうに相手に届くことがあるのだろうか、と。

——そもそも、こんな風習、いったい誰がはじめたことなんだろう。

客を自分につなぎ止めるためとはいえ、指を切って相手に伝えるなんて酷なことだ。

こんなことまでしなければ、男女のつながりを保つことができなかったのだろうか。

それに、本物の指を送っていたときならいざしらず、しんこ細工の指を届けたところで、遊女の気持ちがほんとうにこもっているのか疑わしいのではないか。あるいは、指が本物であれ、偽物であれ、なりふりかまわず心中立てすることこそが肝要で、本気ではないことなど、互いにわかっている上での駆け引きなのだろうか。

もしかしたら、吉原という浮世では、現世の本気など、どうでもいいことなのだろうか。

——兄さんは、どうだろう。

へらを動かしながら、おなつは、台所の隅にたたずむ重三郎に目を向けた。

重三郎はなにも言わず作業を見守ってくれている。

——兄さんには、こんな駆け引きをする男女の気持ちが、わかるのだろうか。

どんなことをしても振り向かせたい。そんな相手が、重三郎にもいるのかどうか。

そんな想像をしていると、つい、へらを持つ手に力が入ってしまう。

大事な作業中に、邪念がよぎったせいなのか、おなつの手のなかで、せっかく拵えた指の細工物が、突如、ひび割れて崩れ落ちてしまった。

「あぁ……」

台の上にちらばった細工物の欠片を見つめ、おなつは大きく肩を落とした。

失敗の原因は、余計なことを考えすぎたせいだと、おなつ自身もよくわかっていた。自分が嫌になり、うなだれてしまったおなつの肩を、かたわらの捨作がかるく叩いてくれる。

「さあ、気落ちしている間はない。つぎを拵えよう」

「はい」

切り分けてあった別のタネを手に取り、はじめから作業をし直し、指の形に整えていく。今度こそは気持ちを切らさず、捨作の手ほどきもありつつ、夜中までにやっとのことで切指を二本拵えることができた。

夜が更けて、内所にいた主人夫婦も奥へ引っ込んだ時分。束の間の休憩のさなか、おなつは、捨作に尋ねずにはいられなかった。

「あの……捨作さんも、切指って拵えたことがありますか？」

「おなつ、竹村伊勢の職人だった方に、あまり妙なことを聞くものじゃない」

一服するため、茶の用意をしていた重三郎に咎められて、おなつは肩を落とした。

「ごめんなさい」

「いや、いいんだよ、重さん」と、台所のわきにある敷台に腰掛けた捨作は、かぶりを振ってみせた。

重三郎が淹れてくれた茶を飲みながら、捨作は、しみじみと過去を思い返している。

「そうさなぁ、じつは、おれも一度だけ切指を拵えたことがある。竹村伊勢にいたとき……やっと正式に職人にしてもらった時分かもしれない。ひとつ腕試しのつもりもあったのかもしれないし、頼んできた遊女が哀れになったのかもしれない。安請け合いをしちまったんだな」

やはり、紋日を前にして、馴染み客から色よい返事がないため、切指で心中立てをするつもりだと、日頃から竹村伊勢を贔屓にしてくれていた、とある遊女が頼み込んできた。

「けっきょくのところ、切指だけで心動かされる客ってぇのは、ほとんどいないんじゃないかと、おれは思う。すべてはその前に決していているんだよ。切指を送らなければならなくなった以前に、遊女と客が、どんな関わり合いを築いてきたのか。遊女が本気で客を惚れさせていたのか、客が遊女に深い思いがあったのか。切指に応じるかどうかは、すべてはそれだけな気がする」

かつて拵作が拵えた切指によって、客は遊女の誘いに応じたのか、あるいはそうはならなかったのか。すべては語られなかった。

話を聞き終えたあと、湯呑から立ちのぼる湯気を見つめながら、おなつもまたつぶやいた。

「すべては切指を送る前から、決まっている……か」

「そう、日頃から培《つちか》ってきた、互いの真心しだいなのかもしれねぇな」

長年、菓子作りひと筋で生きてきた、拵作の言葉は重たかった。

おなつは、日中に、面と向かって話をした滝元のことを思い出す。

あのささやかな時間のなかでは、滝元の為人をすべて知ることはできなかった。馴染み客との関わり方もわからない。長い時を過ごしたあとにこそ、相手のほんとうの胸中がわかるのだろう。

本物の指を送ったならばいざしらず、しんこ細工で拵えた切指を、本物と勘違いする人間はおそらくいまい。偽物の指を送られて、それでも滝元のことを哀れに思い、愛おしく感じ、誘いに応じてやろうと心動かされるとしたら、長いあいだ滝元ともにいて、彼女に真心があると知っているからこそだろう。明日、切指を送られる馴染み客と、滝元とのあいだに、そんな繋がりがあってほしい。

そうしなければ、滝元は、たちまち、あの影法師のごとき不気味な男に捕まってしまいそうな気がしていた。

そんな事態だけは、おなつは見たくなかった。

――あるいは、こう考えることも傲慢なのだろうか。

滝元の、五十間道の人間への怨《うら》み言を思い出し、ふと胸が苦しくなる。

それでも、滝元のためにやれることはやりたいのは本心だ。たとえ傲慢だと言われてもだ。

おなつは気持ちを引き締め直す。

重三郎が淹れてくれた茶を飲みほしたあと、おなつはふたたびへらを手に持つ。捨作もすぐに腰を上げた。

「さあ、あと三本、日が出るまでには拵えちまおうか。成形のところはおれも手伝おう」

「お願いします」

捨作に促され、おなつは、三本目の切指を拵えるべく、もうひとつのタネを手に取った。はじめより、よほど繊細な手つきで、指の形に整えていく。

ほっそりとした指の細工物が、おなつの手のなかにあらわれた。

「どうか、滝元さんに真心がありますように」

おなつは願いを込めて、自らの手とへらを動かしつづけた。


朝方まで掛かって仕上げた切指は、頼まれていた五本ともにそれぞれ香箱に納められた。

頼まれ物を大文字屋へ届ける役目は、朝方、蔦屋の馴染み客を廓内に迎えに行く使用人にまかせることにして、重三郎は朝のうちに耕書堂へ帰り、おなつと捨作は正午まで仮眠を取ることにする。

ひとまず、やれることはやったと、おなつは思うことにした。

その後、はたして切指の効き目のほどはどうだったのか。

紋日が明けた翌々日。

おなつは、またも大文字屋に呼ばれて廓内に赴くことになった。蔦屋のおかみお栄も、「大文字屋にひと言ある」と息巻いていたが、この日は蔦屋に大きな座敷があって身動きできないというので、重三郎が同行してくれることになっていた。

昼見世がはじまる未《ひつじ》の刻《こく》前、大門を過ぎたところにある待合の辻で、おなつは、重三郎と落ち合う約束になっていた。

衣紋坂を下っていき、行く手に見える大門越しにも、満開の桜が垣間見え、おなつの心はすこしだけ晴れやかになった。

「きれいだな」

幾度見ても美しい吉原の桜だ。人の手で植え付けられ、短いあいだ咲き誇った後、すぐに人の手で抜かれてしまう。そんなはかないものだからか、余所の桜よりも、よりいっそう華やいで見えた。

そんな桜を眺めていると、きっと滝元も紋日をうまく乗り切ったのではないかと、おなつは期待したくなっていた。

そんなことを考えつつ門の手前までやってきたおなつは、念のため、懐から身分証である切手を取り出した。先日、重三郎に釘を刺されたこともあったので、知り合いの門番がいたときでも、いちおうは切手を差し出そうと決めたのだ。

切手を持って、いざ門番に差し出そうとしたところ、
横合いから、

「おなつ」

と、突如、声がかかった。

大門のすぐ側、廓を取り囲む側溝周りにしゃがみこんでいた人物が立ち上がり、軽い足取りでおなつのほうに歩み寄ってくる。

おなつは、その人物を見てうろたえた。

「おしな、さん？」

そう、それは、数日前に、切手がなくて立往生していたところ、おなつが門番に頼み込み、特別に廓内を案内した、おしなという娘だった。

おしなは日焼けした顔に満面の笑みを浮かべ、「おなつ、会いたかった」と、親しげにすり寄ってくる。

先日、吉原観光に来たばかりなのに、今日はいったい何用なのだろうか。おなつは勘繰りながらも、やや強張《こわば》った笑顔を返した。

「おしなさん……こんにちは。今日も吉原見物に来たんですか？」

「そうなの」と、おしなは屈託なく頷く。

「金杉村の知り合いに、おなつに案内してもらったことを話したら、みんな羨ましがっちゃって。桜があるあいだに、近所のほかの子も廓内を巡ってみたいって言うから、誘い合わせてまた来ちゃった」

「そう……」

おなつは、おしなが座っていた場所を、あらためて見つめた。そこには、やはり同年くらいの娘三人が、かたまって座り込んでいる。以前、おしなと同行していた娘たちとは別人だが、おそらくは同じ金杉村の住人なのだろう。顔を寄せ合いなにやら話し込み、ときおり、おなつのほうに視線を向けて、楽しそうにはしゃいでいる。

娘たちのひそかな話し声や笑い声は、おなつの心をさらに動揺させた。

おなつは娘たちからあえて目を逸らし、おしなに対してだけ、ぎこちなく笑いかけた。

「吉原見物、楽しんできてください。また花魁道中を見られるといいですね。では、わたしは急ぎの用があるので」

「えっ、ちょっと待ってよ、おなつ」

挨拶を交わしたのち、行く手に立ちはだかるおしなを避けて、いままさに大門をくぐろうとしたとき。おなつはふいに右腕を摑まれた。

力いっぱい摑まれた痛みに驚きながらも、おなつは背後を振り返る。

「おしなさん？」

腕を摑んできたのは、もちろん、おしなだった。険のある目つきで、おなつの顔をじっと睨んでくる。

「もう行っちゃうなんて冷たいじゃない、あたしたち、あんたに会いに来たんだよ。また吉原を案内してほしくて」

「……でも、わたし、これから大事な用があるんです」

「だったら」と、おしなは、焦りと憤りを覆い隠すような愛想笑いを浮かべ、さらに詰め寄ってきた。

「あんたの案内はいらないから、前みたいに番所の人に話をつけて、あたしたちを通してくれないかな」

「通してくれって……切手は、持っていないんですか？」

「あたしは持っているんだけど、今日連れてきたあの子たちは、切手が間に合わなかったんだよね。でも、わたしと同じ金杉村の子たちだし、身許ははっきりしているし、悪いことだってしないよ。ただ桜見物して、見世をひやかして、帰るだけだから」

「ね、お願い」と猫なで声ですがってくる相手の手を、おなつはおもわず振り払っていた。

「悪いけど、それはできません」

「なんですってっ？」

手を振り払われたおしなは、二、三度まばたきをしたあと、たちまち不機嫌そうに表情を暗くした。

「できないって、どうして？」

「ごめんなさい。切手がない人は、やっぱり通すことはできないんです。わたしがついていても、だめなんです」

おなつは、おしなにわかってもらいたくて、事情を丁寧に説明した。

以前、切手なしで大門を通したことで、身内にひどく叱られたこと。ついで、なぜ切手を持たない若い娘を通すことができないのか、吉原ならではの事情も懇々と説いた。

だが、おしなはさして心動された様子もなく、つまらなそうに話を聞き流している。

「はぁ？　身内になんて黙ってればわかりゃしないって。だから、あの門番さんにさ、あんたから頼んでみてよ。あの人、おなつに惚れてるんじゃないの、愛想振りまいてやれば、きっとまた許してくれるよ」

「そんなんじゃありません」

おなつは、相手に言葉が届かなかったのが哀しくなって、門番の六太までが蔑まれた気がして、つい声を荒らげていた。

「六太さんは、そんなんじゃありません。たとえそうだとしても、その気持ちを利用するなんてあり得ない。なにより、きちんと役目を果たしてる人を、騙したくなんてありませんから」

おなつが言い切ると、大きくため息をついたおしなが、しらけたふうにそっぽを向いた。

「……なによ、むきになって」

「おしなさん、わかってくれないんですか？」

「はいはい、もういいったら。あんたには頼まない。さようなら」

おしなは、素っ気ない態度でおなつに背を向けると、側溝周りで待っている同村の娘たちのもとへ引き返していく。

「あの子たち、夢にまで見た吉原見物ができるって、あたしを頼ってくれたのに、とんだ恥さらしになっちゃったじゃない。あんたのせいだからね」

「おしなさん……」

「あんたはいいよね。今日もきっと切手なしに出入りするんでしょう。あの門番をそそのかしてさ。狡いよ、いい気なもんだよ」

「わたしは……」

「あんたはしょせん吉原者、話が合うはずなかった」

一度だけ立ち止まったおしなが、ふりむきざまに言いはなった。

その言葉は、おなつの胸を鋭くえぐる。

おなつが言い返せないでいる間にも、同村の娘たちのもとへ戻ったおしなは、廓内に入れないわけを話しはじめたらしかった。娘たちの輪のなかで残念そうな悲鳴があがる。おしなが「ごめんね、あたしのせいで」と、湿った声で謝っている声もかすかに聞こえてきた。そんなおしなを、まわりの娘たちがなだめている。

おなつは、娘たちの様子を遠くから眺めながら、胸の奥がさらに軋《きし》むのを感じていた。

――あの子たち、きっとわたしが悪者だと言っているんだろうな。

そんなことを考えていた矢先に、やがて娘たちのひとりが、わざとおなつに聞かせるため、大きな声音を上げた。

「おしなちゃんのせいじゃないって、あの子が薄情なだけなんだ」

そのひとりが、娘たちの輪から抜けて、おなつの目の前にまで大股で歩み寄ってくる。日に焼けた顔を近づけてきて、さらに声高に言った。

「あらまぁ、きれいな顔して、色も白くて、身だしなみもよくて、ちやほやされているって感じ。外の人間から搾り取るだけ搾り取って、いい暮らしをしているくせに、あたしらのことを見下しているんだよ」

「なんですか、それ……」

「切手がないから通せない？　偉そうに。でも、そりゃそうか、もし遊女に逃げられでもしたら、あんたらが大損するんだもんね。金儲けしか頭になくて、人を売ったり買ったりしている廓の人間が言いそうなことだ」

するのと、ほかのふたりの娘たちも、遠巻きに声を上げる。

「ひどいね、きっと血も涙もないんだよ」

「しょせんは吉原者だからね」

——しょせんは吉原者。

その言葉には、外からやってきた人間が知らぬうちに抱いている、吉原者たちへの羨望と、くわえて根深い蔑みと妬みとがすべて内包されていた。

狭間に暮らすおなつは、娘たちにとっても、その内心をぶつけやすい相手なのかもしれない。

くすくすと悪意に満ちた笑い声が上がるなか、さらに、おなつの目の前の娘が言い放った。

「吉原者は、人でなし……人間じゃないんだよ」

向けられた悪意に、おなつは身が凍りつく思いがした。

その娘の背後では、おしなが少し戸惑いはじめた様子が見て取れる。自分が事の発端ではあったが、連れ合いたちの言葉が、さすがに辛辣すぎると感じたのだろうか。

「もういいから帰ろう」と、ほかの娘たちを促しはじめた。

だが、ほかの娘たちは、まだ気持ちが収まらないらしく、立ち去ろうとしない。さらに、立ち尽くしたままのおなつに詰め寄ろうと迫ってくる。

だが、つぎの瞬間だ。

娘たちが、いっせいに表情を強張らせた。おなつの後方に視線を向け、いったん足を止めて、ついで静かに後ずさりをはじめる。

娘たちは自分の背後になにを見ているのか、おなつは、確かめるために振り返った。

大門側、四郎兵衛会所の手前に、ひとりの男が立っているのが見えた。

黒ずくめの男だ。大門の向こうで待ち合わせていた重三郎が出てきたのかと思ったが、そうではないのはすぐにわかった。その黒い姿が、日中の空の下で妙に霞んで見えたのと、青白い顔にいやらしい笑みが浮かんでいたからだ。

「矢野弾左衛門」

その人物の正体がわかったとき、おなつの胸の鼓動が、さらに激しくなった。

——どうして弾左衛門がここにいるのか。

そう思っているうちにも、番所の前から、ふらりと弾左衛門が動いた。おなつたちのほうに近づいてくる。やがて弾左衛門は、影のごとく立ちはだかると、外から来た娘たちを煙たげに見下ろした。

「娘ども、大門を通りたかったら、切手を見せろ」

「誰よ……あんた」

弾左衛門に睨まれた娘たちは、震える声でどうにか問い返した。だが、その声もいまにも消え入りそうだ。

凝然と立ちはだかりながら、弾左衛門はつづける。

「吉原を見物して、廓内に生きる者たちを哀れみ、蔑みたいのなら、それなりの支度をしろと言っている。もし切手なく入ろうとするのなら、相応の報いがあるぞ。二度目はない」

弾左衛門が、じろりと視線を動かし、おしなひとりを睨んだ。弾左衛門は、おしなが以前に切手なしで廓内に入ったことを知っているのかもしれない。睨まれたおしなは、いまにも泣き出しそうな顔で、ほかの娘たちを促した。

「ねえ……もう帰ろう。こんなところには長居しないほうがいい」

おしなの声に弾かれて、ほかの娘たちもいっせいに頷いた。

「そうだね、行こう、行こう」

「二度とご免だよ、こんなところ」

「帰ろう、早く」

娘たちは口々に言うと、踵を返し、背後を一度も振り返ることなく、慌ただしく衣紋坂を走り去っていった。

その場に残されたのは、おなつと弾左衛門だけだ。

おなつは、息苦しくなる胸をおさえながら、立ち去ったおしなたちの言葉を、なおも噛みしめている。

「そうだ、わたしは吉原者なんだ」

と、今日ほど思い知らされたことは、かつてなかった。

羨ましい、きれいだ、まるで極楽浄土だと讃えられながらも、どこか浮世離れしたもの、自分たちの理《ことわり》とはかけ離れたもの、ゆえに蔑むべきもの。そんなふうに、吉原という土地と、そこに依存して暮らす者たちは世間から見られている。

そして、あらためて自分は、五十間道——彼岸と此岸、別々の世界の狭間に生きているのだと感じ入る。おなつは双方の間にいるからこそ、外からやってきた人々の剝き出しの感情を、直にぶつけられることがあるのだと。

同時に、先日の滝元の言葉も思い出す。

仁・義・礼・智・忠・信・孝・悌といった徳をすべて忘れた者——忘八《ぼうはち》と呼ばれる楼主たちと同じく、五十間道の人間は、遊女たちを食い物にして生きていると。そう言っていた。

外の人間と、中の人間、どちらにもなれそうだが、なれない。どちらの心もわかりそうで、わからない。けっきょく双方から疎《うと》まれるのが、五十間道の人間のさだめなのか。だとしたら、なんとやりきれないことだろうか。

おなつは、たまらず、つぶやいていた。

「わたしたちは……どうしたらいいの」

「狭間の人間として、どちらからも付け込まれず、うまく生きていくことだ」

傍《かたわ》らに立つ弾左衛門からふいに声を掛けられ、おなつは恐怖に抗《あらが》いながらも、隣の丈高い姿を見上げた。

「……あなたは、そうやっていつも廓内や狭間で起こることを見張っているんですね」

「その通りだ」

「おしなさんが、また切手なしで廓内に入ったら、どうするつもりだったんです？」

「二度と馬鹿な真似ができぬよう、少し痛い目を見てもらうか。あるいは、それでも懲りぬならば、いずれ廓内に沈んでもらうか。どんな仕置きも相手次第。お前とて同様だ。また、切手のない者を手引きでもしたら、お前自身や、周りの近しい人間たちが、どうなるかわかるだろう」

「はい……」

おなつは息を飲んだ。弾左衛門の言葉が、ただの脅しだけでないのがわかったからだ。

自分だけが仕置きを受けるのは構わない。しかし、自分の罪が、蔦屋の人たちや、重三郎にまで及ぶのだけは耐えられなかった。

吉原にいるかぎり、いつでも弾左衛門の目があることを肝に銘じなければならない。外の人間にとっても、中の人間にとっても、その存在は恐怖だ。だが、おなつはふと考えた。なぜ弾左衛門は、そこまでして吉原の決まりを守り、守らせようとするのだろうか——と。

「どうして、あなたは……」

おなつが言い切る前に、弾左衛門は踵を返し、大門の向こうへ音もなく歩み出した。弾左衛門は、昼の日の光のなかに溶け込むように、おなつの目の前から立ち去っていく。おなつは番所で切手を見せてから、慌てて後を追った。弾左衛門がどこへ帰っていくのか確かめたかったからだ。弾左衛門は待合の辻から左へ折れ曲がり、伏見町の通りを抜けていった。伏見通りの先には、吉原の繁栄を願う赤石稲荷《あかいしいなり》があり、さらにその先には、羅生門河岸《らしょうもんがし》を隔てる木戸があるはずだった。

木戸の向こう側にある、羅生門河岸——そこは、廓を取り囲むお歯黒どぶ沿いにある、切見世《きりみせ》が建ち並ぶ界隈だ。長屋を仕切っただけの二畳ほどの部屋で、安い値で、短い時間で、客を取る遊女たちが住まう場所だ。切見世の遊女たちというのは、年を取っても借金を返し切れない者や、年季が明けても行く場所がない者、廓内でなにかしら掟《おきて》を破った者などが、落ちていく場所なのだ。落ちてしまえば、生きて廓の外へ出られる者は、ほとんどいないという。

吉原者でさえも目を逸らしたくなる、彼岸のいっとう暗い部分だった。

吉原のなかで、もてはやされる光の部分が極楽浄土と呼ばれるのなら、誰からも蔑まれる暗い部分は地獄とでも言うのか。

おそらく弾左衛門は、地獄から来て、地獄へ帰っていくのだろうと、おなつは思った。

極楽浄土から道を踏み外した誰かを、この先にある木戸の向こうへ連れ去る者として。

「だけど、それは」と、おなつは考える。

脳裏には、滝元の顔が浮かんでいた。もし滝元が紋日を乗り越えられず、借金が嵩みに嵩み、ついに浮上できなくなったとしたら。そのときは、弾左衛門が羅生門河岸へ連れていくのだろう。

一見、ひどい仕打ちにも見える。だが、いっぽうでそれは、吉原以外に行く場のない者たちを、いまさら此岸に戻れない者たちを、外の差別から守っているとも言えるのではないか。

「それが、あなたの役目なの……?」

弾左衛門とは、憎むべき相手なのか、そうではないのか。いまのおなつには、まだわからなかった。

しかし、このときなぜか、蔦屋の先代次郎兵衛の言葉が思い出された。

先代次郎兵衛は、蔦屋の軒先に捨てられていた幼いおなつを、引き取ることを許してくれた、本物の親よりも恩義のある人だった。

その次郎兵衛の言葉と意志は、いま重三郎に引き継がれ、おなつも幾度となく聞かされてきた。

「吉原とは、すべての人が、この世の身分やしがらみ、血の繋がりからだって解放される場であらねばならない」

――と。

つまりそれは、苦界とも呼ばれる吉原と、そこに集って生きていく者たちを、あらゆる差別から守ること。

「あなたも、先代や、兄さんと……同じ思いなの？」

問いかけても、こたえはない。通りの先に、もはや弾左衛門の黒い姿は見えなくなっていた。


弾左衛門の姿がなくなった伏見通りの先をじっと見つめていると、

「おなつ」

と、背後から声がかかった。

声のほうを振り向くと、遊女が大門前に立って馴染み客を待つことがあるゆえに、待合の辻と呼ばれる街の入り口に、黒羽織をまとった重三郎の姿があった。

おなじ黒ずくめでも、弾左衛門とはまったく違う。日の光のなかで、重三郎ははっきりと輝いて見えた。

穏やかな微笑をたたえた、この世でもっとも信頼できる男の顔を見て、おなつは胸がいっぱいになった。おしなから受けた仕打ちに対する悔しさ、弾左衛門への恐怖、重三郎に会えたことによる安堵と嬉しさとが、一緒くたになって溢れ返りそうになった。

いまにも泣き出しそうになるのを堪えて、おなつは、重三郎のもとへ歩み寄った。

「今日は、おつきあいしてもらって、ごめんなさい、兄さん」

「いや、おいらも大文字屋さんには話があるし……おなつ、なにかあったのかい？」

おなつを出迎えてくれた重三郎が、義理の妹の様子に異変を感じ取ったのか、気がかりそうに顔をのぞき込んでくる。

「いいえ」と、無理やりに笑顔を浮かべてこたえた。

「なにもありません。さぁ、大文字屋さんを待たせているし、急ぎましょう」

「うん……そうかい？」

それ以上は、重三郎も問いただしてはこなかった。

おなつと重三郎は、桜の花びらが舞い踊る目抜き通りを抜けて、京町一丁目の大文字屋を目指した。道中、重三郎がいつもより歩調をゆるめてくれたのは、息を飲むほど美しい桜並木の下で、おなつの気持ちが落ち着くのを待ってくれていたのかもしれない。

重三郎と肩を並べながら歩むごとに、おなつの心はすこしずつ凪いでいった。おしなの鋭い言葉も、弾左衛門の暗い影も、重三郎と一緒にいると忘れられそうだった。隣を歩く人は、おなつがたとえ何者であろうとも、けっして裏切ったりはしない。そう信じられた。

「兄さん」と、おなつは重三郎に呼びかけた。

「吉原の桜は、きれいですね」

「あぁ、ほんとうに」

「こんないい陽気だもの、滝元さんの紋日は、きっとうまくいきましたよね」

「……そうだと信じたいね」

おなつも信じたかった。

いっときの気の迷いがあったものの、滝元が長年をかけて培ってきた真心は、おなつたちが拵えた切指を通して、馴染み客に届いたはずだと。

おなつは祈る気持ちで、京町一丁目へ入る木戸を、ゆっくりとくぐりぬけた。

道なりに大小の籬が並ぶ通りを進む。

やがて、目当ての大文字屋の大籬が見えてきた。

「おなつ、ご覧よ」

行き交う見物客とすれ違いながら、重三郎が、おなつよりも先に目当てのものを見つけた。

重三郎に促され、おなつもまた行く手に目を凝らす。

大文字屋の大籬――格子の奥に、黒地に桜花模様の打掛をまとった、すらりとした遊女の姿が垣間見えた。

「あれって滝元さん、ですよね」

「あぁ、きっとそうだね」

重三郎と顔を見合わせてから、おなつは、心からの安堵の息をついていた。自分たち五十間道の人間が、遊女たちにどう思われていても、相手に不幸を重ねてほしいとは思わない。やはり、弾左衛門には連れていかれないでほしい。どうにか踏ん張って、此岸へ戻る日を迎えてほしい。そう願ってしまう。

「こんな考えも、傲慢だと言われるかもしれないけど」

おなつは苦笑いをこぼしたが、すぐにおさめる。いま一度格子の奥を見つめ、しゃんと姿勢を正した美しい姿に、おもわず見入っていた。

油断をすると、いまにも涙が溢れそうだった。

いっときの気の迷いを断ち切り、吉原でやり直す覚悟を決めた。そんなたたずまいの滝元を、おなつは心から美しいと思った。

滝元は言った。五十間道の人間は、自分たちを食い物にしていると。

おしなも言った。吉原者と話が合うわけがないと。

外と中、どちらにもなれない、五十間道――狭間の人間たち。

「だからこそ」とおなつは、ひとりつぶやく。

「外と中、どちらをもわかりたいし、どちらにも心を寄せられるのは、わたしたちだけではないのかしら」

ひいてはそれが、吉原を守ることにならないだろうか。

重三郎とともに生きる道となるのではないか。

吉原が、世間から一目置かれること。苦界とも言われ、時には差別すらされる吉原の土地と住人たちを守ること。大切な身内と生きていくこと。それを願う重三郎とともに。

耕書堂で商いをすることで、重三郎は願いを成し遂げようとしている。

おなつができることは——たとえば、菓子処をつづけていくことで、菓子を作っていくことで、できることがあるかもしれないのだ。

「きっと、わたしも、わたしのやり方で、兄さんと同じ道を歩みたい」

おなつが心を定めると同時に、じき今年の終焉を迎える桜吹雪が、軽やかな風に誘われて舞い上がった。

【参考文献】

青木直己『図説　和菓子の歴史』（ちくま学芸文庫）
石橋幸作『増補　駄菓子のふるさと』（未来社）
塩見鮮一郎『吉原という異界』（河出文庫）
塩見鮮一郎『弾左衛門の謎』（河出文庫）
鈴木俊幸『新版　蔦屋重三郎』（平凡社ライブラリー）
堀口茉純『吉原はスゴイ　江戸文化を育んだ魅惑の遊郭』（ＰＨＰ新書）
山本博文・監修『江戸時代から続く老舗の和菓子屋』（双葉社）
『大吉原展　公式図録』（東京藝術大学大学美術館）

本書は書き下ろしです。

巻頭地図　ＥＳＳＳａｎｄ（阿部ともみ）

狭間《はざま》の子《こ》
吉原《よしわら》五《ご》十間道《じっけんみち》　菓《か》子処《しどころ》つた屋《や》

二〇二四年一一月一〇日　初版印刷
二〇二四年一一月二〇日　初版発行

著　者　澤見《さわみ》彰《あき》
発行者　小野寺優
発行所　株式会社河出書房新社
〒一六二-八五四四
東京都新宿区東五軒町二-一三
電話〇三-三四〇四-八六一一（編集）
〇三-三四〇四-一二〇一（営業）
https://www.kawade.co.jp/

ロゴ・表紙デザイン　粟津潔
本文フォーマット　佐々木暁
本文組版　KAWADE DTP WORKS
印刷・製本　中央精版印刷株式会社

Printed in Japan　ISBN978-4-309-42147-6

吉原という異界

塩見鮮一郎　41410-2

不夜城「吉原」遊廓の成立・変遷・実態をつぶさに研究した、画期的な書。非人頭の屋敷の横、江戸の片隅に囲われたアジールの歴史と民俗。徳川幕府の裏面史。著者の代表傑作。

春色梅児誉美

島本理生〔訳〕　42083-7

江戸を舞台に、優柔不断な美男子と芸者たちの恋愛模様を描いた為永春水『春色梅児誉美』。たくましくキップが良い女たちの連帯をいきいきとした会話文で描く、珠玉の現代語訳！

みだら英泉

皆川博子　41520-8

文化文政期、美人画や枕絵で一世を風靡した絵師・渓斎英泉。彼が描いた婀娜で自堕落で哀しい女の影には三人の妹の存在があった——。爛熟の江戸を舞台に絡み合う絵師の業と妹たちの情念。幻の傑作、甦る。

性・差別・民俗

赤松啓介　41527-7

夜這いなどの村落社会の性民俗、祭りなどの実際から部落差別の実際を描く。柳田民俗学が避けた非常民の民俗学の実践の金字塔。

風俗　江戸東京物語

岡本綺堂　41922-0

軽妙な語り口で、深い江戸知識をまとめ上げた『風俗江戸物語』、明治の東京を描いた『風俗明治東京物語』を合本。未だに時代小説の資料としても活用される、江戸を知るための必読書が新装版として復刊。

江戸っ子の身の上

岡本綺堂　42073-8

江戸っ子代表の意外な出自を語った「助六の身の上話」、明治の東京の正月の思い出話、従軍記者として赴いた日露戦争の記憶……確かな江戸の知識のもとに語る傑作随筆選。